QUASE DEI, MAS NÃO DEU.

GUILHERME PINTTO

QUASE DEI, MAS NÃO DEU.

HISTÓRIAS DE AMOR QUE NÃO DERAM CERTO. OU DERAM?

Copyright © Guilherme Pintto, 2022
Copyright © Editora Planeta do Brasil, 2022
Todos os direitos reservados.

PREPARAÇÃO: Fernanda França
REVISÃO: Vanessa Almeida e Renato Ritto
DIAGRAMAÇÃO: Nine Editorial
ILUSTRAÇÕES DE MIOLO: Elivelton Reichert
CAPA: Fabio Oliveira

DADOS INTERNACIONAIS DE CATALOGAÇÃO NA PUBLICAÇÃO (CIP)
ANGÉLICA ILACQUA CRB-8/7057

Pintto, Guilherme
  Quase dei, mas não deu. Histórias de amor que não deram certo. Ou deram? / Guilherme Pintto. - São Paulo: Planeta, 2021.
  176 p.

ISBN 978-65-5535-583-3

1. Ficção brasileira 2. Histórias de amor I. Título

21-5227   CDD B869.3

Índice para catálogo sistemático:
1. Literatura brasileira

Ao escolher este livro, você está apoiando o manejo responsável das florestas do mundo

2022
Todos os direitos desta edição reservados à
Editora Planeta do Brasil Ltda.
Rua Bela Cintra, 986, 4º andar – Consolação
São Paulo – SP – 01415-002
www.planetadelivros.com.br
faleconosco@editoraplaneta.com.br

Toda e qualquer semelhança na descrição dos personagens é mera coincidência. As características das pessoas reais foram rigidamente alteradas na intenção de manter suas identidades em sigilo. Exceto na página 35.

PREFÁCIO

Bom, quase deu, mas não dei. Ou dei, mas não deu? Enfim, este livro é sobre histórias de amor que não deram certo, ou deram? Você quem vai me dizer.

Ele é para quem não aguenta mais procurar o amor, para quem acha que nunca teve um, para quem se sente o cocô do cavalo do bandido toda vez que vê um casal e se percebe novamente vazio.

Não é uma coletânea de sucessos no amor, mas um pedido de trégua, um representante dos bastidores, dos emocionados, das humilhações, das presepadas... O histórico de um sujeito que tenta e segue tentando, das loucuras discretas, das tristezas maquiadas e até das gargalhadas mais obscenas e terapêuticas em meio a tudo isso. Um retrato da imoralidade e também das vulnerabilidades. Aquelas que dão um pavor instantâneo com a ideia de virem a público. É como se alguém roubasse seu diário, fizesse um *exposed* e revelasse a todos: sim, você é definitivamente um ser humano.

Muito mais do que um livro sobre *CPFs* que conheci durante a vida, é sobre as janelas que construí depois de cada relação; ninguém me deu de presente, eu mesmo tive que montar cada uma delas. Portanto, são minhas e, agora, suas. Ajeite-as como quiser.

Durante a leitura, espero que seja possível encontrar graça em suas tentativas, feitas na esperança de achar o que desejava de verdade, independentemente do tempo ou do formato de interação que existiu.

Histórias de amor que não deram certo.

Ou deram? Não sei. Apenas sei que, em algumas, *eu* dei?

Guilherme Pintto

Nem sempre o amor é a
festa, mas o convite.
Mesmo que ninguém apareça,
todos foram convidados a recusar.

NÃO DEU.
NÃO DEI.

Tudo começa com Bento. Bentinho. Meu vizinho. Eu tinha uns 16 anos na época e era o típico adolescente que andava de braço dado com a amiga, suspirando quando o crush passava. Assistia a todas as comédias românticas. Todas! Hoje eu não consigo chegar nem perto. Trauma? Vamos descobrir, leitor. Esse menino, pelas minhas contas, tinha uns dois anos a mais do que eu. Meio gordinho, com uma barba bem fechadinha, cabelo escuro, sardinhas no rosto e uma camiseta azul de time manchada de mostarda. Sempre imaginei que ele era o tipo de pessoa com cheiro de amaciante, sabe? Aquele cheirinho gostoso de gente limpa.

Sou do tempo da lan house. Jovens, vocês sabem o que é uma lan house? O titio aqui é do tempo da internet discada, das locadoras que alugavam videogames. Todas as moedas que eu ganhava, gastava na locadora. Passava horas olhando o Bentinho, e ele me olhava também. Ficamos assim por uns dois anos. DOIS ANOS. Ele era do grupo popular do bairro, superquieto, diferente de todos os outros e, quando sozinho, a gente se comunicava pelos olhares enquanto passávamos lado a lado. Era algo sutil e doce. Inocente. No fundo, eu sabia que não aconteceria nada além de um beijo, mas eu queria tanto. Muito. Se não vai ser pelo amor, então vai... Mentira. Nada de tambor. Porém, descobriremos que na época eu não me amava o suficiente para entender isso.

Quando percebi que estava sentindo uma atração pelo Bento, fiquei horrorizado! As pessoas sempre me chamaram de bichinha a vida toda, no entanto, era algo tão inerente a mim que eu não havia parado para pensar se realmente eu era o que diziam. É meio engraçado porque eu tinha as minhas paixões por meninos desde criança. Não era algo específico da adolescência, do "momento de descoberta". Não. Perceber-me "talvez" um cara gay foi bem difícil. Penso que para ele também (no caso de se sentir atraído). Os amigos, a família religiosa, os estímulos para a não aceitação eram maiores para ele. Um amigo meu da época contou-me que ele havia ficado com um rapaz na escola, mas ninguém sabia. Tudo segredo. Não sei se ele disse aquilo para me agradar ou se realmente foi verdade.

Conforme o tempo foi passando, nada saía do lugar. Eu comecei a me descobrir, entrei naquela fase em que alguns adolescentes experimentam tudo. No meio dessa confusão toda, até emo me tornei. Usava xadrez da cabeça aos pés. Igualzinho a uma bandeirinha de Fórmula 1. Com o meu grupo de emos, no dia do beijo, beijei dezesseis pessoas. Dezesseis bocas. Dezesseis. Fazendo uma conta rápida aqui... Se movemos, em média, vinte e nove músculos ao beijar, como eu saí com higiene bucal nesse dia? Bom, adolescente, né?

Mesmo beijando do jeito que o diabo gosta, eu só pensava em um único beijo. O tempo continuou passando, passando... minha mãe, cigana de alma, chegou para nós (eu e o meu irmão) e disse:

— Guris, vamos nos mudar!

Eu parecia aquela música do Tchê Garotos, "Menininha", chorando porque ia embora para longe do meu amor. E fui mesmo. No fundo, eu sabia que éramos de mundos muito distantes e que sermos vistos juntos era praticamente impossível. Detalhe: eu nem sabia se realmente o menino era a fim de mim. No dia vinte e quatro de dezembro de dois mil e alguma coisa, após ter dado uma de Sherlock Holmes, consegui o número do nosso querido com a prima dele. Eu, toda dramática desde sempre, ligo perto das oito horas da noite e ele atende.

— Alô?

— Oi, Bentinho. É o Guilherme. O Gui. Não fala nada, não, tá? Só me escuta.

E assim foi. Fiquei uns quarenta minutos falando ao telefone. Contei quando comecei a gostar dele, como me senti; tudo. Era quase uma ligação de despedida, como se eu não fosse durar mais que alguns dias (avisei do drama, né?). E ele ouviu. Do começo ao fim. Conseguia ouvir sua respiração. Não me parecia cansada nem surpresa. Era uma respiração atenta, necessária. Como se ele puxasse daquela ligação algo do qual pudesse beber.

— Desculpa, mas eu não posso. Falow, falow.

Foram as únicas palavras depois do alô. Confesso que não fiquei arrasado, mas pensativo: será que inventei tudo isso? Será que ele realmente tinha intenção quando nos olhávamos? No fundo, bem no meu interior, eu sabia que nunca daria em nada. Infelizmente não dei.

Digo, não deu.

Qual a sua orientação
sexual, senhor?
Senhor?
Desejo.

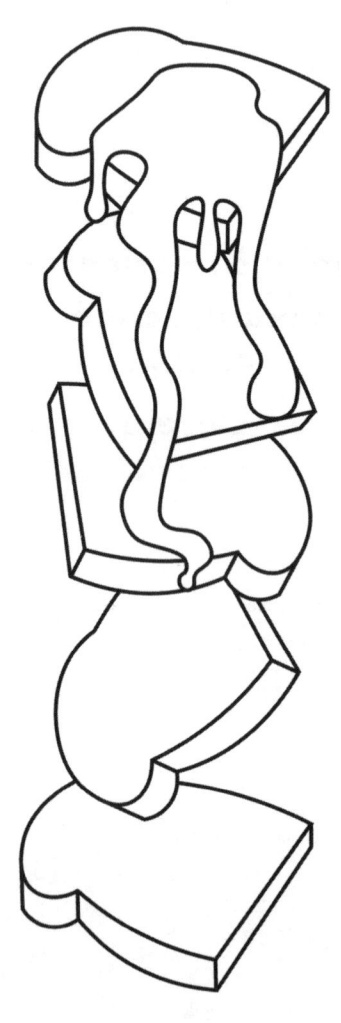

EM CIMA DO PÃOZINHO

Durante alguns anos, troquei alguns e-mails com um leitor que morava fora do país. Eu me sentia a pessoa mais chique do universo. Tinha vezes em que até pegava uma taça para responder. A conversa basicamente se resumia em seu desabafo sobre a namorada e os problemas que enfrentavam como casal. Naquela época, veja bem, eu ainda tinha paciência. Não entendia nada, e ainda estou aprendendo. Mas estava lá dando o meu ponto de vista e oferecendo os meus pitacos como se tivesse a experiência da Regina Navarro com os meus óculos na ponta do nariz. Certo dia, depois de algum tempo sem contato, recebi um novo e-mail:

>Gui, como você está?
>Voltei para o Brasil! Acredita? Pois é.

Eu e a minha ex-namorada decidimos terminar, e no fim concordamos que foi o melhor mesmo. Vai ser bom viver uma nova fase. Moro em Floripa. E você? Não pensa em vir algum dia para cá? Seria um prazer combinarmos um café.

Abraço!

Imediatamente respondi o e-mail, entusiasmado com a coincidência de morarmos na mesma cidade, mas, ao mesmo tempo, sentido pelo término do namoro. Não demorou muito, ele pediu meu número e começamos a conversar pelo WhatsApp. Devia estar fazendo uns trinta e cinco graus naquela noite de feriado... Celular apita com a notificação:

> Oi, Gui! Não gosta de Carnaval?

> Oi, rapaz! Claro que gosto! É minha folga amanhã, mas não consegui me organizar para sair hoje.

Respondi quase que no mesmo instante.

> Você tem vodca na sua casa? Eu tenho um energético aqui.

Arqueei uma sobrancelha praquela resposta.

> Tenho uma pela metade. Quer trocar o café por álcool?

Onze e quarenta da noite, mais ou menos, chegou uma moto preta roncando. Daquelas enormes em que a mulher fica com a bunda empinada quase caindo. Era ronco de moto cara, mas um som pavoroso. Meu bairro não passava de uma fazenda na cidade, então, por volta das seis horas da tarde, as pessoas já estavam deitadas junto às galinhas. Quase meia-noite, ainda que Carnaval, era sinônimo de madrugada; não queria ser visto como transgressor e ser conhecido como o doido que recebe estranhos à noite... Ainda era muito cedo para receber o título de piranha.

Desci às pressas, a moto já estava estacionada. Jaqueta de couro, calça jeans justa ao corpo, moreno, barbudo, cabelo raspadinho e forte. Forte. Mas forte.

— Guiiiiiiiiii! Eu nem acredito nisso!!! Que prazer!!! — Ele me cumprimentou com um abraço apertado, enquanto eu sentia o cheiro de couro sintético em sua jaqueta um pouco úmida do sereno.

O volume da sua voz era completamente desregulado para aquele momento. Falava alto, quase gritando, enquanto eu conversava cada vez mais baixo para ver se ele diminuía. Apresentava-se uma pessoa segura de si, que não se importa em estar incomodando. Caso esteja, que o avisem. Caso contrário, não vai perder tempo se preocupando como o outro está. Que homem!

Conversamos sobre a sua vida em outro país, sobre as expectativas com a volta, sobre a amizade que ficou entre o casal, o papo fluía... Era a primeira vez que eu conhecia alguém como amigo hétero pela internet, estava adorando. No Rio Grande do Sul nunca tive muita sorte por conta do preconceito. Decidimos subir ao meu apartamento para beber e não fazer daquela primeira noite de Carnaval uma lamúria tediosa.

Minha primeira conquista alugada não era grande coisa. Era essencial para uma pessoa que ganhava um salário modesto, como caixa em uma loja de varejo no shopping. A cozinha ficava junto à sala, mais o quarto e o banheiro. Simples, porém aconchegante. O prédio era novo, havia sido construído fazia pouco pelos proprietários e apenas uma pessoa morou lá antes de mim, tornando-o ainda melhor.

    Lá pelas tantas, já nem sabendo mais o horário, comecei a notar um comportamento estranho nele que ia crescendo aos poucos... Aquela segurança toda do começo foi desaparecendo. Ele não me olhava mais nos olhos — naturalmente quando você conversa com alguém você olha — e o corpo começou a se encolher. Meu ventilador de quatro pás não dava mais vencimento. O chão fervia. Das paredes corria água. Ao fundo, conseguia ouvir o som da TV do vizinho da frente e o barulho dos grilos pelo lado de fora da casa. Quando dei por mim, voltando do meu devaneio, sentado à mesa, bem à frente, percebi que o nervosismo havia aumentado consideravelmente. Nunca tinha visto aquilo, não era algo normal. Ou era? Ele era o meu primeiro convidado, não sabia lidar com convidados. Eles ficam assim? Devo perguntar? Ser discreto? A sua mão tremia. O corpo estava igual vara verde e os olhos pareciam saltar do rosto.

— Está tudo bem? — perguntei, iniciando a investigação.

— Sim. Por quê?

A voz embargada dele era uma resposta diferente àquela que ele tinha me dado. Peguei meu copo e fui me sentar no sofá que ficava ao lado da porta. Na minha cabeça, caso ele tentasse qualquer coisa — tipo pegar uma faca —, eu teria tempo de correr para a saída e gritar por socorro. Enquanto formulava todas as minhas possibilidades de fuga mentalmente, o motoqueiro já estava sentado ao meu lado no sofá olhando para baixo, mas bem perto de mim. Não estava entendendo nada e desesperadamente começando a ficar com muito medo.

— Posso te perguntar uma coisa? — disse ele com o rosto meio suado.

— Pode, ué — respondi quase discando 190.

— Na verdade nem é perguntar.

Tomei um susto quando ele se inclinou em minha direção, logo depois de deixar o copo no chão. Surpreso, não pude evitar de perguntar:

— Você não era hétero?

— Era.

Só sei, querido leitor, que quando ele tirou a camiseta, o resto você já sabe. Minha ex-vizinha também. Ou vizinhos? O bairro? Nunca saberemos.

Na minha segunda noite de Carnaval, em vez de ressaca, acordei com um forte café da manhã: o galo nem tinha cantado, e a manteiga já estava derretendo de tanto calor em cima do pãozinho.

Não posso amar uma laranja
esperando que ela me dê
o suco de uma melancia.

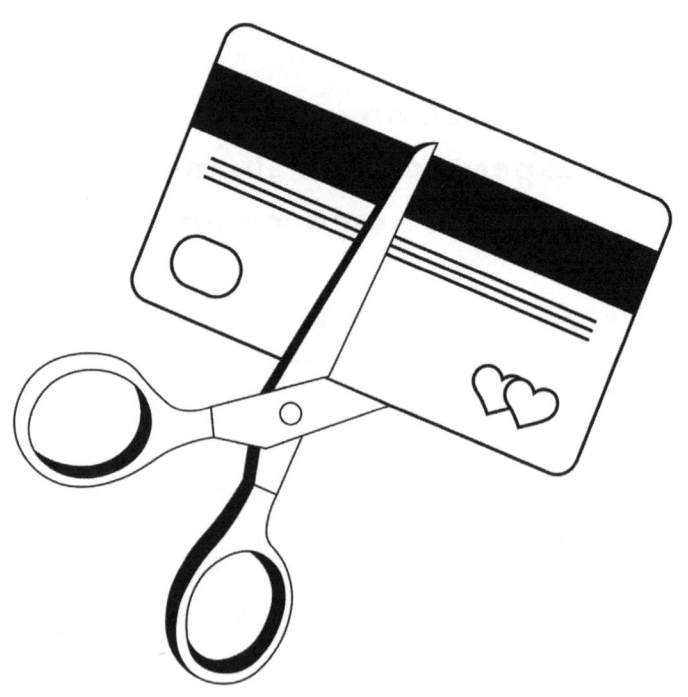

ENCERRAR A MINHA CONTA NO BANCO

Há alguns anos abri uma conta-corrente para trabalhar em uma empresa. Protocolo básico, tudo certo. Acabei saindo do trabalho e, como uma pessoa muito organizada que sou, não encerrei a dita-cuja. No fundo, eu gostava daquela agência e também achava o cartão bonito: prioridades.

Quando nos mudamos para uma casa nova — minha família e eu —, a janela do meu quarto não fechava direito. Havia um vão, um espaço que não permitia fechá-la totalmente. Como adoro uma gambiarra, fiz o teste de colocar o cartão ali, e parecia que tinha sido feito exatamente para aquela situação. Esqueci. Os meses se passaram, anos. Até chegar uma carta dizendo que o meu nome estava sujo. Como assim? Quando usei o cheque especial de aparador de janelas? Até hoje é um mistério. Ao investigar, descobri que a conta estava com uma outra empresa que compra cobranças, e a confusão foi muito maior do que ligar para um marceneiro e pedir para consertar o vão da janela.

Durante muito tempo, mesmo com a carta de quitação, o banco não conseguia baixar a minha dívida. Do barraco ao processo, fui àquela agência para tentar solucionar o problema. Esperei, conversei com o gerente e fui embora. Uma semana depois estava de volta para reclamar mais uma vez da baixa da dívida. O gerente, muito solícito, pediu que eu o acompanhasse até sua mesa que ele iria verificar a minha situação e me dar o suporte necessário. Fui. Naquele momento, minha pose era daquelas madames que têm a pele bronzeada por bronzeamento artificial à *la* Donald Trump, usando roupas de academia às duas da tarde. Conforme fui explicando o meu caso, fui percebendo que o sujeito estava realmente interessado em me ajudar.

— Você mora por aqui mesmo?

— Não, moro em São José — devolvi meio seco.

— Nossa, mas por que vem de tão longe? — insistiu na conversa.

Eu não queria conversar. Queria resolver aquilo tudo, mas tinha um bilhão de outros problemas na cabeça. A impaciência era um dos maiores.

— Olha, moço, eu vou ter que deixar para outro dia, meu celular está descarregando e preciso voltar para casa.

— Não seja por isso, use o meu carregador — ele respondeu com prontidão, tirando-o da gaveta com uma mão enquanto usava a outra para digitar.

— Beleza — respondi meio contrariado, observando-o digitar de forma rápida no computador agora com as duas mãos.

— Pronto! Apenas vou pedir que você me mande a foto do seu documento. Pode ser por e-mail ou por WhastApp, o que você prefere?
— Pode ser pelo WhastApp, é mais rápido.
Estava realmente sem paciência, o tom de voz de alguém que não liga muito.
Adicionei o número, anexei o documento e mandei.
— Pronto...
— Finalizado! Dentro de sete dias entraremos em contato. — Ainda com a mesma simpatia do começo e um sorriso absurdamente maravilhoso.
Eu já não aguentava mais de fome, agradeci e fui correndo para a praça de alimentação. Não suporto banco! Aquela formalidade, a sensação do dinheiro ser algo muito importante... Quando termino o pedido do meu hambúrguer, meu celular vibra com uma nova mensagem:

> Oi, Guilherme! Tudo bem? Desculpa te mandar mensagem. Eu tinha teu número, mas precisava criar uma situação para que você me desse. Sou a fim de você tem algum tempo. Te acho lindo! Você é solteiro?

Acha lindo? Solteiro? Quem tá fala... NÃO PODE SER! NÃO PODE SER!
Ele não era bonito. Era gatíssimo. Com aquela roupa social apertadinha à *la* Faria Lima em São Paulo e, se eu me lembro bem daquele sorriso, digo, do anel de prata no dedo esquerdo, ele... Oi? Sim, anel no dedo...

> Sou bi. Tenho uma namorada.
> Não sei se isso é uma questão para você.

Arqueei a sobrancelha com aquela informação em uma nova mensagem.

O gerente. Do banco que está me chamando de caloteiro. Gato. Que me acha lindo. Sou solteiro, sim. Mas tem uma aliança. Quer sair comigo? Pera, vou bugar.

Bloqueei o celular. Estava em um misto de sentimentos. E agora, José? Eu conseguiria conviver com a culpa sendo cúmplice de uma traição? Que traição? Eu respondia por mim mesmo. Eles podem ter um relacionamento aberto. Ou ser poliamor. Ou outra configuração de relacionamento que eu não saberia explicar.

> Podemos jantar. Posso cozinhar para você.

Uma nova mensagem, mesmo sem eu ter respondido nada.

Ele realmente estava a fim. Mas me irritou. Que desespero! Como assim cozinhar para mim? Você não namora? Cozinhar não seria muita intimidade para um primeiro encontro? Parecia muito papo de homem que banca o fofo para conquistar atenção.

Peguei o celular.

> Oi! Sério? Ai, meu Deus. Faz muito tempo isso? Risos.

Eu respondi às mensagens me sentindo um idiota.

Eu queria não querendo. Queria viver a fanfic e, quem sabe um dia, escrever um livro. Um vou-não-vou, mas se ele vier, não fui eu quem foi.

> Sim, Gui. Posso te chamar de Gui?

Pode me chamar inclusive de amor da sua vida.

> Pode, sim!

Quando você aceita começar um papo com alguém que é assumidamente comprometido, você se vê na difícil tarefa de não puxar muito assunto para não aumentar a culpa no cartório.

> Vamos nos ver mais tarde? Você pode? Tipo umas oito horas? 😕

A pergunta dele veio com um emoji pensativo.

Aceitei. Rápido mesmo. Se era para ser piranha e beijar alguém com aliança, ficar me fazendo de difícil não ajudaria muito no personagem.

Umas oito horas minha campainha tocou. Quando abri, ele apareceu atrás do portão com a mesma roupa que estava no banco e com um capacete no braço. No pescoço dava para ver o crachá por dentro da camisa. Eu mal conseguia respirar.

— Espero que você tenha boas notícias sobre o meu caso — brinquei enquanto o portão rangia.

— Tenho, sim! Mas vamos entrar para discutir esse assunto.

A postura dele era de um cara que sabia que não deveria fazer o que estava fazendo. Completamente inclinado para frente, quase implorando, pelo tom de voz, para não ficar mais que alguns segundos do lado de fora. Ali eu vi que mais sujo que meu nome naquele banco era o CPF dele no amor.

Quando entramos, eu parecia uma acompanhante de luxo cursando psicologia, perguntando:

— Você já fez isso antes?

— Uma vez — ele disse com a cabeça baixa, com o rosto um pouco molhado pelo nervosismo. E eu poderia ser piranha, mas não era burra. A primeira da quarta vez, deduzi.

Conforme nos olhávamos entre conversas bobas sobre o dia a dia, sabíamos que a comida combinada seria outra. E assim foi: ele bateu algumas metas, nós nos empenhamos para bater algumas e fomos acompanhando o crescimento da empresa um do outro, monitorando as entradas e saídas enquanto, nesse meio-tempo, eu recebia investimento no meu fundo de caixa.

Por incrível que pareça, não foi como pensei que seria: algo puramente carnal. Não. Houve afeto naquela troca e nos meses em que passamos juntos. Não sei ao certo se ele de fato amava a namorada, acredito que sim. Os desabafos eram constantes sobre ter dúvida se estarem juntos era suficiente para mantê-la feliz. No fim das contas, o bichinho não passava de um refém das próprias imposições e da religião. Vivia engaiolado, respirando pouco, sem sonhar com a liberdade, já que seria impossível imaginar algo que nunca se viu.

Lembro que uma das últimas vezes em que estivemos juntos, quando estava deitado em seu peito, ele me disse:

— Se eu pudesse, pediria você em namoro.

Mas nós não podíamos.

Ele estava desconectado.

Eu nem de longe sabia me conectar com alguém.

Alguns dias depois, recebi uma mensagem dele dizendo que trocou de agência, que estava disposto a me auxiliar para eu fazer a troca. Antes que eu tivesse ainda mais prejuízos e problemas, decidi que seria o melhor momento para finalmente encerrar a minha conta.

Se a peça não couber,
use um amor-próprio básico.
Combina com tudo.

O DIA QUE PEGUEI UM FOFOQUEIRO

Você.

Quem quer nem sempre
consegue dar um jeito.
Mas pode ter certeza de que
arruma uma hora de dar.

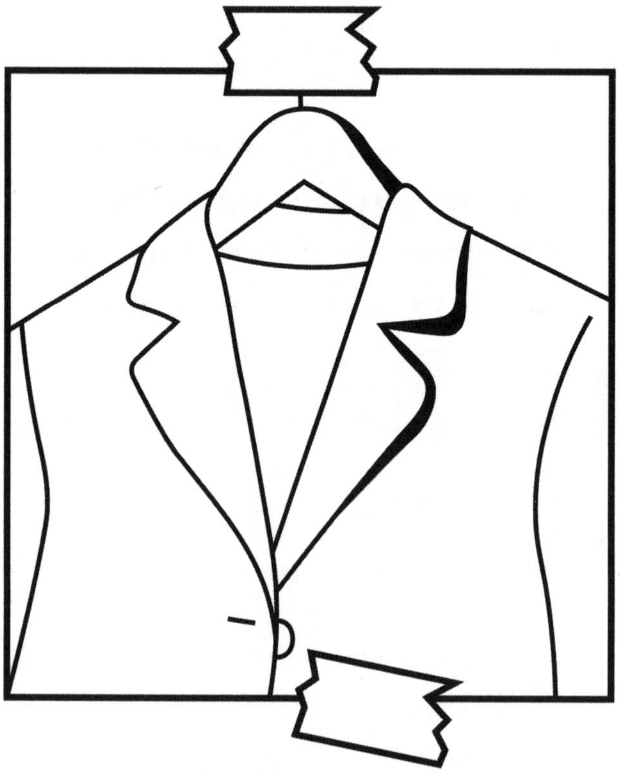

O DIA EM QUE ESCOLHI IR DE BLAZER A UM ENCONTRO

Formatura do ensino médio.

Para variar, passei um trabalho bem grande no terceiro ano escolar para convencer o professor de Química que eu merecia os pontinhos que faltavam. Sei que fiquei devendo em mais uma matéria e que fizeram até um conselho para decidir se eu ganharia ou não o que faltava para pegar o diploma; no fim, sabe-se lá se foi Oxalá ou o meu carisma que me ajudaram a subir no palco e gritar bem alto: "**OBRIGADO, MÃE! Este é pra ti**".

Assim como foi difícil pegar o diploma por não ser tão inteligente na matéria do Mr. Walter White e ter um cérebro cansado por conta do trabalho (sem citar psicologicamente esgotado também), arrumar o traje com o qual todos os rapazes deveriam ir se tornou um desafio. Basicamente, no dia da formatura, enquanto todos vestiam terno, eu estava com um All Star vermelho rasgado pintado à caneta na lateral, uma calça jeans toda estonada e um cabelo preto arrepiado pela força do ódio e da tinta Henê. Quando chamaram a turma para entrar em fileiras, lembro dos olhares, das cabeças em minha direção... Eu era como uma girafa elegante de um metro e sessenta e sete. Hoje, só sei sentir saudade da minha autoconfiança daquela época.

O tempo passou, me formei, fui embora da cidade, chorei até Porto Alegre, fui viver a vida em uma cidade onde a água da praia não é escura (Desculpa, Laranjal. Adoro vocês!) e, claro, segui com uma lista iniciada lá atrás e que tenho até hoje: A LISTA DO CRUSH SUPREMO. Ela é simples e organizada por ordem. Todo ano, não necessariamente em uma data específica, mentalmente atualizo a lista com o nome das pessoas que seguem uma hierarquia de: CRUSH SUPREMO, PAI DOS CRUSHS, CRUSH.

Entre as novidades da mudança e a gostosa sensação de não reconhecer as ruas, encontrei um novo match com potencial de crush supremo determinado no mesmo instante que dei like. Como para mim toda a resolução dos problemas estava no encontro do amor da minha vida, a primeira coisa que me passava pela cabeça era o compromisso de não desperdiçar a oportunidade de as coisas darem certo em qualquer encontro, já que o único responsável para que a continuidade acontecesse, claro, era eu. Com a combinação feita, a hora marcada, chegou o dia!

E eu me sentia como no ensino médio, me formando, mas com muito mais solenidade, porque eu daria certo naquele amor e tudo estaria resolvido. Por isso, diferente da escolha de roupa na própria formatura, decidi que dessa vez faria as coisas a caráter. A imagem que tenho de mim entrando no carro e sentado à mesa na pizzaria, com cinquenta reais no bolso e um blazer de veludo, faz com que seja possível, mesmo anos depois do acontecimento, sentir o cheiro de desespero em amar e ser amado.

O blazer não era confortável, o cardápio ultrapassava, certamente, o valor que eu tinha naquela nota amassada do bolso. Para melhorar, depois de ter me acostumado um pouco com a beleza do crush e contado a história trágica de como fui vítima de violência doméstica em um primeiro encontro (quem não se garante, por que não a pena?), eu tive que dividir com o rapaz o fato de que talvez a gente tivesse que rachar a conta...

— Minha amiga tem me falado que devo procurar alguém que esteja a minha altura, ganhando o mesmo que eu, essas coisas, com quem eu consiga uma troca, sabe? — disse ele.

Não entendi bem essa frase no momento, ainda que de alguma forma ela tenha me impactado. Não compreendi os amassos dentro do carro mais tarde, nem a promessa quando sugeriu que o nosso primeiro sexo não deveria ser em um lugar tão apertado e sem planejamento... Achei fofo.

Nunca mais nos vimos.

Até um dia desses quando eu estava em uma loja de roupas masculinas comprando um terno para uma formatura alheia. E o vi. Passando ao meu lado com o celular colado no rosto. O tempo entre a visão dele e os manequins me fez pensar em algo sobre o qual até então não havia refletido:

Será que errei no blazer ou a pessoa não fazia meu estilo? Às vezes um crush supremo em potencial, na verdade, não deveria nem ter entrado na lista (e merecia somente um All Star).

Não é sobre o que o outro disse,
mas o que não disse.
Sobre o que se esperou ser dito,
mas sequer foi falado.

Agroboy

UMA CAMPANHA DE CUECA, UM TINDER E O CURSO DE AGRONOMIA

Era fim do ano, dezembro de dois mil e alguma coisa. Fui de Florianópolis a São Paulo para uma campanha de cueca. Sim, eu já fiz uma campanha de cueca ao lado de um global (minha mãe sempre fala isso toda vez que vamos a alguma loja masculina que tenha a marca). Caso você seja muito curioso e for atrás do global, saiba que, sim, ele é muito mais gato pessoalmente, ainda mais de cueca.

Entre as pausas da gravação, percebi que havia dado match no Tinder. O Tinder, sabe? Aquele aplicativo de encontro que quando você curte outra pessoa, uma conversa entre vocês é disponibilizada.

Entre algumas combinações e outras, um cara me chamou dizendo que havia amado meu primeiro livro e que me acompanhava há algum tempo na internet. Por regra geral, não avanço. Não é sempre, mas dependendo do nível de idealização, mesmo que eu queira muito ficar com a pessoa, nós nunca chegaríamos a nos relacionar, já que acabo sendo impedido pelo ideal que já foi criado de mim. Corresponder é sempre frustrante. Entretanto, depois de algumas experiências e muita terapia, temos as exceções, como neste caso.

Fui ao banheiro, abri o aplicativo, conversamos um pouquinho, falamos amenidades, mas como sempre na dinâmica do aplicativo, com o passar dos dias, o papo acabou morrendo.

Voltei a Florianópolis, passei a virada e, alguns dias mais tarde, recebi uma mensagem:

> Você mora em Floripa, Gui? Estou na cidade. Que tal jantarmos?

"Jantarmos." Eu tenho quase 30 anos e ainda acho muito chique e adulto quando alguém me convida para jantar, principalmente em um encontro. Já fui até criticado por "ser uma escolha muito formal". Tem algo mais prazeroso do que jantar com alguém de quem estamos a fim e entre a formalidade da refeição deixar o desejo ir crescendo aos poucos, lentamente, até vocês chegarem na frase: "E agora? Quer dar uma volta, ir lá em casa... Tô por ti"?

Ao mesmo tempo que estava animado para o encontro marcado, também estava meio receoso de correr o risco de o rapaz não ser tão bonito assim, ficar falando apenas dos livros, essas coisas... Eu queria mesmo era saber da agronomia, dos porres que já teve, de quem era a figura que se escondia em um sorriso ordinariamente perfeito nas fotos. Sim, sorrisos são meu ponto fraco.

Quando cheguei ao lugar combinado, enxerguei de longe uma pessoa parada sozinha na frente com uma calça jeans e camisa polo verde. Primeiro, quem usa camisa polo em um encontro? Graças a Deus, ele. Sei que é uma peça detestada por muitos, mas não por aqui. Bem-vestido, simpático, cheiroso, abraçou-me com a mão carinhosamente na nuca me fazendo ir controlando a respiração ofegante até a mesa enquanto aceno com a cabeça para o garçom em agradecimento, sentando um pouco tonto na cadeira.

Da hora em que cheguei até a hora que estávamos juntos, o tempo passou muito depressa. Ele realmente era um cara legal, ainda que tivesse um cheirinho de... "cuidado". Quando saímos, decidimos parar e ver a lua, curtindo um pouquinho do restinho da noite. Não era apenas o seu cheiro que era gostoso, mas o hálito, a mão quentinha na temperatura certa, a química. Eu não poderia convidá-lo a dormir comigo, meu apartamento estava lotado, e ele só tinha o hotel pago pela empresa cheio de colegas *heterotops*...

— Que tal motel? — sugeri, querendo correr para longe e me enfiar dentro do primeiro buraco.

— Vamos de aplicativo?

A sugestão dele chamou a atenção, parecia uma aventura.

— Nunca fui! Seria minha primeira vez. Se tu te sentir confortável...

Foi uma das experiências mais estranhas, já na largada.

— Destino: Motel X, confirma? — O tom do rapaz atrás do volante era neutro e profissional, mas eu queria morrer.

— Isso mesmo!

Sentar atrás do motorista não foi uma boa estratégia, nem se eu precisasse enforcá-lo numa emergência homofóbica. Ter sentado ali para fugir do retrovisor não foi tão inteligente, não com a recepção do motel ficando à esquerda, exatamente ao meu lado da porta. Ainda que, tecnicamente, estejamos falando de "pessoas maduras", existe uma etiqueta, um protocolo de "pessoas adultas com experiência no que estão fazendo".

Não poderia simplesmente pegar o cartão do garoto e gritar para o vidro onde não se enxerga ninguém: "MOÇA, DIVIDE POR DOIS". Estar em pé, na entrada do motel gritando "débito" para um aparelho idêntico ao da lotérica, isso sim era prova de amor. Fogo, no caso.

Ao voltar para o carro e perceber que havia tornado o motorista uma testemunha da sacanagem, antes de pensar em me sentir desconfortável com o silêncio dentro do veículo, ele interrompe:

— Pessoal, tá tudo bem, tá? É o meu trabalho levar pessoas para muitos lugares, inclusive este aqui. Espero que se divirtam! Boa noite.

Não poderia ter tido uma preliminar melhor.

Nós já no quarto, enquanto eu conferia o lençol para ver se realmente estava limpo, o agroboy sai do banheiro sem polo e com a cueca da marca para a qual eu havia feito campanha recentemente… Ele se achava, e eu esfaquearia seu ego rapidamente com um olhar, porém eu precisava da marra, daquela autoestima… A performance que viria logo em seguida precisava de tudo aquilo. Adoro quando me chamam para jantar. Ele não era um global, mas quem disse que na agronomia não se pode ter uma noite de novela?

Será que tenho medo do outro
me amar pelo que sou
ou de pegá-lo me traindo com
o que inventei sobre mim?

Oh, No!

DO YOU SPEAK ENGLISH?

Eu sou uma pessoa tímida. Acredite ou não, por conta da profissão e também da minha formação, mas a grande verdade é que, na maioria das vezes, meu maior desejo é gritar e sair correndo, ou desligar o Wi-Fi, gritar e sair correndo.

Ao completar meu primeiro ano morando em São Paulo, decidi fazer inglês em uma das escolas mais tradicionais da cidade. Por ser uma das mais conceituadas, a estrutura é enorme, com muitos andares e turmas. Em um belo dia, ainda de luto por estar estudando com uma professora diferente da do semestre anterior e a quem nós amávamos, combino com uma colega de classe de tomarmos um café e fofocarmos um pouco sobre qualquer coisa que não fosse em inglês.

Na saída da sala, do outro lado do corredor, avisto um cara muito bonito. Não muito mais velho que eu, talvez até a mesma idade, alto e olhando fixamente na minha direção (depois que comecei a trabalhar na internet e acabei me tornando uma figura pública, sempre fica a dúvida: será mesmo que é reconhecimento ou flerte?). Ele sumiu entre as pessoas, elevadores e escadas, e nós descemos para a cantina para pegar o nosso café. Quando minha colega termina de sentar à mesa e a funcionária está prestes a tirar o meu copo para me alcançar, percebo que ele está ao lado da nossa mesa, parado e olhando pra mim com um sorriso de quem diz "oi, Gui. Quanto tempo!".

 Eu fiquei tão nervoso de estar sendo observado naquele momento que na hora de pegar o café, eu o virei em cima da mulher, em mim e na pessoa que estava esperando por perto. Por uns dois minutos, atraí toda atenção entre os gritos por causa da temperatura e da sujeira enorme. Quando o pano já limpava a cena do crime e eu finalmente consegui me sentar, percebi que na mesa à frente, em que ele estava, havia um enorme grupo. Em direção a mim também tinha outro cara olhando fixamente. Como havia atraído tanta atenção há poucos minutos, não estava entendendo mais nada. Para minha sorte, nessa insistência de olhar vindo de alguém que não me atraía, o rapaz que estava sentado de costas levantou-se e sentou ao lado desse menino, passando a me observar constantemente também. Enquanto minha colega falava sobre a correria do hospital, sobre os filhos, nossos olhares cruzavam...

 — Para quem você está olhando, menino? — ela perguntou, intrigada.

 — Quem, eu? Ninguém não.

 Ela desistiu da conversa. Foi educada para dizer que estávamos próximos do retorno da aula e subiu meio que às pressas, deixando o copo de plástico com mancha de café na lixeira grande que ficava na entrada. Enquanto percebia ela sumindo aos poucos, finalmente prestei atenção na conversa e entendi que o alvoroço todo daquele grupo tinha a ver com algo que eu também estava sentindo: saudade da professora que também havia sido deles. Como os olhares ainda estavam rolando e eu estava em um ótimo momento com a minha autoestima, levantei e cheguei na mesa do grupo de, pelo menos, umas seis a oito pessoas.

— Pessoal, pessoal! Licença! Desculpa por atrapalhar o papo de vocês — disse, olhando e desviando o olhar dele. — Vi que vocês também tiveram aula com a professora Z, e entendo perfeitamente o que estão sentindo. — O que eu estava sentindo mesmo naquele momento era uma autoestima que nunca havia sentido na vida. — Não dá vontade de fazer um abaixo-assinado para ela continuar conosco por mais um tempo?

— Nossa, sim! Por que não fizemos isso?

Alguém falou, mas não percebi quem, pois estava um pouco ocupado naquele momento olhando discretamente para o amor da minha vida.

— Oh, contem comigo se precisarem de algo, viu?

Me senti empoderado. Tinha dado o recado, então era hora de uma saída triunfal. Que eu só comecei a fazer antes de ser interrompido.

— Guilherme, a propósito: adoro seus livros. — A voz era meio sexy, meio de professor, meio...

— Muito obrigado! — respondi, fofo. — Mas estou em desvantagem agora, pois você sabe o meu nome e eu não sei o teu... — Um climão se instaurou no ar enquanto todos fizeram silêncio ao mesmo tempo e se olharam entre si.

— Pedro.

— Pedro? Prazer!

Quando me virei, fui até a porta contando nos dedos a respiração, porque estava muito nervoso pela audácia toda.

Não estou acostumado a ser bem resolvido assim, do nada. Pelo clima, pelos olhares, bom, certamente ali tinha mais coisa. Reciprocidade não é sempre que acontece, e quando se apresenta, tem gosto de bolacha recheada, de torta nova de morango, de sol em pele com frio; não tem como não aproveitar.

Horas depois, quando cheguei em casa, procurei, vasculhei, e nada entre as pessoas que me seguiam. Pelo primeiro nome foi impossível achá-lo. Vencido pelo cansaço, me joguei. Até que, onze e pouco da noite, entra uma mensagem no spam:

> Adorei te ver hoje, Gui!

Era ele. Perfil fechado, uns duzentos seguidores e seis fotos, sendo quatro de paisagem: PERFEITO! Começamos a conversar, fomos para o WhatsApp, nem deu muito tempo para descobrir muitas coisas, já tínhamos um jantar marcado para o fim da semana. Nunca tive um flerte na faculdade ou no colégio. Na verdade, até tive, mas não foi mais que uma desfilada de mãos no campus. Nada muito sério. Pelo menos pra pessoa. Conhecer alguém que estava na mesma unidade que eu, gatinho, inteligente, as promessas me animavam.

Chegando o dia, como morava em um bairro em São Paulo que possui muitas opções de restaurantes em volta, dei como sugestão jantarmos perto de casa mesmo, por conhecer e adorar o lugar. Mesmo morando perto, não fui o primeiro a chegar. Ele estava sentado, camisa, relógio e, pelo pouquinho que consegui espiar quando levantou para me cumprimentar, a calça também era social. Não aquelas calças de vô, mas uma descoladinha à *la* Faria Lima — que, como você já percebeu, eu amo. Vinho, uma carne e, diferente do WhatsApp, não tínhamos palavras. A sensação que me dava, apesar de ele ser completamente o meu número, era de sua cabeça ser como a daqueles bonecos que mexem apenas a parte de cima.

O jantar até poderia estar acontecendo, mas ele parecia estar em uma entrevista de emprego. Tenho certeza de que não fiz a pessoa que indaga, pergunta do passado, não. Claro que entre as respostas fui percebendo que existia um desejo grande de morar sozinho, alguns conflitos familiares... eu deveria estar sendo um porre.

— O que você acha de pedirmos a conta? — sugeri, tentando fazer um favor a ele.

Mesmo com o clima ao som de uma música romântica de fundo e o nervosismo da parte dele, o tempo passou, foi gostoso e parecia que ele se esforçava a cada resposta, como se lutasse contra a timidez.

— Mais alguma coisa, senhor? — perguntou o garçom com a maquininha na mão.

— Não, moço. Obrigado! Boa noite — respondi.

— Tá com pressa? Quer tomar chá ali em casa? Moro ali, na outra quadra.

"Quem, aos 26 anos, oferece chá?", você deve estar se perguntando. Essa pessoa sou eu. Na verdade, em minha defesa, eu não achei que ele fosse aceitar. No caminho de volta para casa, enquanto caminhávamos lado a lado, pude perceber o quanto ele era cheiroso e tinha um aspecto de alguém absurdamente limpo.

Ao chegarmos em casa, fiz o chá e todas as palavras que sumiram no restaurante começaram a pular em um espaço mais acolhedor e tranquilo. Pode parecer bobagem, mas senti que o chá foi como um cobertor quentinho, fazendo com que ele pudesse ser ele mesmo ali. Falamos, falamos e falamos.

Depois de quase umas duas horas de conversa, os dois, cada um com uma xícara de chá na mão, foram interrompidos por um enorme silêncio. O primeiro a sentir é o peito. A gente sabe o que vai acontecer nos próximos segundos. Aliás, a gente até tenta gozar do suspense desse intervalo entre o que foi até então e o que vai acontecer a partir daquele momento. A única coisa que sei — e essa é uma das delícias, pois é neste momento que a visão não alcança mais — é que a xícara sumiu da minha mão.

Acredito eu, segundo rumores, que ela tenha sido sequestrada por outra mão. O que este menino teve de tímido até aquele momento, se estivéssemos em *RuPaul's Drag Race*, era como se todos os seus movimentos tivessem que compensar os que não aconteceram anteriormente. Pela força que ele veio com o corpo contra o meu, eu poderia ter ficado sem os dentes da frente. Só esqueci que algumas pessoas têm airbag, jeito, pegada, química. Sabe quando as pessoas nos filmes começam a tirar a roupa e a tentar pegar fôlego entre os beijos? Éramos nós.

O maldito dia que todo adolescente espera para ter em sua própria casa. É o maldito dia que as roupas começam a se espalhar pelo chão e foda-se, ninguém está pensando nisso. Enquanto na cama nossos corpos vibravam no calor um do outro, eu só pensava que não precisaria nem de dois segundos a mais para me apaixonar por aquele garoto. Pouco me importando se o amor precisa de tempo, se ele poderia ser um psicopata ou um cafajeste, ali, bastava. Eu tinha tudo: a mesa já estava sendo servida.

Contrariando intuição e protocolos, convidei-o para dormir ali. Quem sabe se acostumar um pouco com a ideia de ficar mais um pouco e ir ficando até permanecer. Mas ele já tinha planos.

Infelizmente, estava atrasado para voltar a estudar a outra língua na qual já vinha construindo fluência.

Às vezes, se você não deitar todo dia às dez com o lítio, não poderá acordar ao lado de quem você ama.

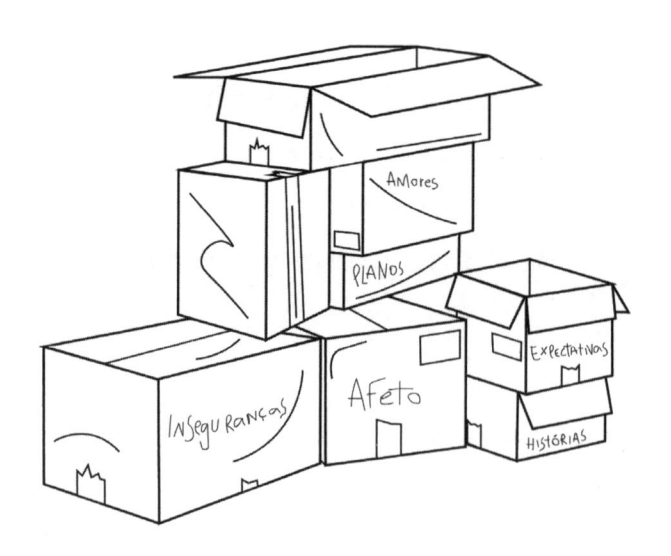

QUANDO O AMOR TEM APENAS 20 ANOS

Não, eu não tenho idade para ser um *sugar daddy*, mas já comecei a me sentir "ilegal" por estar quase namorando alguém que é mais novo que todos os meus irmãos. Não é grande coisa, eu sei, mas 20 anos, visto dos meus 27, soa ridículo para quem lê e um tanto confuso para mim. Aos 20 anos eu ainda estava tentando decorar o que era esquerda e direita. Já havia namorado um cara com dez anos de diferença em relação a mim e, sim, foi como qualquer outro relacionamento poderia ser: incrível e desastroso. Havia adquirido experiência no papel de quem tenta compensar a falta de conhecimento dos *hypes* do Twitter com a paciência de explicar para o outro o porquê de eu estar dando tanta risada de um meme há cinco minutos em vez de perguntar como foi seu dia.

Eu era acolhido no caixa por alguém que ganhava quinze vezes mais do que eu e aprendia como usar os inúmeros talheres em um restaurante chique. Agora, como, à beira de uma crise, me comparando com os relacionamentos dos amigos heterossexuais, sem par, sem filhos, sem casa financiada em trinta anos, sem carro, poderia lidar com esse papel?

O pior de tudo? Ele era um gato! Gato, não. Era o Thor! Alto, louro, forte e especialista em manusear furadeiras e instalar chuveiros. Então. Exatamente o tipo de cara por quem você facilmente seria criticado no Instagram por namorar um padrão. Ele pagava sessenta reais de corrida de aplicativo, independentemente da hora, só para nos vermos. Asgard não era tão perto da minha casa assim, não. Apesar da distância, que nem era distância para quem estava pela segunda vez se relacionando com alguém da mesma cidade, o problema, no fim das contas, não era o cartão estourado na metade do mês ou a sensação de precisar namorar alguém da mesma idade, mas a filha da puta de uma doença que apagava meu sinal de conexão a cada dia que passava.

Como todo começo é início e tudo é lindo, as dúvidas foram aumentando conforme a percepção sobre mim também era distorcida, tornando tudo cada vez mais apático. Eu sou realmente bonito? Eu sou realmente bom no que eu faço? Eu consigo levantar da cama? Eu teria energia para escovar os dentes? Mas e o meu corpo? Será que a gente pode desligar a luz? Teve um dia que tudo escureceu. Nós já havíamos apagado todas as luzes, só que comecei a sentir meu corpo estranho, mesmo dormindo, conseguia perceber vulcões começando a entrar em erupção abaixo do meu pescoço. Virei para cá, esbarrei no martelo do Thor para lá, nenhuma posição me trazia conforto. Quando finalmente decidi acordar para tentar qualquer outra alternativa, já era tarde: o vulcão estava ativo e não dava mais tempo de acionar o alarme avisando a região vizinha... Apenas levantei erguendo meu corpo rapidamente para frente, contrariando qualquer lei da física, e abri o vidro da sacada, puxando instantaneamente a janela que bloqueava o ar bipolar daquele quarto. Não conseguia enxergar nada, exceto algo verde e preto que ficava girando entre meus olhos parecendo um globo de festa. Quando finalmente consegui erguer a barreira até a metade, meus braços na sacada começaram a perceber que ainda não era suficiente... Mesmo em meio ao caos, comecei a me dar conta de que tinha um intruso, algo de errado, alguma parte do meu corpo não estava funcionando como de costume e parecia ser meu coração. Se usasse meu instinto de sobrevivência mais um pouco, a experiência de vinte anos não teria me puxando pelo braço desviando-me da ideia de pular da sacada para tentar buscar oxigênio na grama, lá no primeiro andar. Ele se ligou, assim como tinha pra mim, que o alívio não estava na queda, mas na procura, na tentativa. Estava prestes a morrer!

— DESCREVE O QUARTO! — disse ele, chacoalhando-me com o celular em uma das mãos, parecendo estar com o Google aberto.

— DESCREVE O QUARTO! O QUE TEM NELE?

Como assim, "descreve o quarto"? Que quarto? Eu sei que estou no meio dele, que tem um tapete azul porque estou sentindo, porque lavei ontem, porque moro aqui. Mas como assim, "descreve o quarto"? Você não está vendo que não estou conseguindo enxergar nada? Que vou ter um infarto? Que estou à beira da morte? Ele não me ouvia. Empurrei os braços musculosos para longe de mim e corri para o banheiro, tirei toda a minha roupa — ali mesmo, de barriguinha e luz acesa — porque naquele momento não dava para ser inseguro e lutar pela própria vida ao mesmo tempo. Entre a água gelada inicial até finalmente ser acolhido pelo banho escaldante, nenhum lugar no mundo era mais seguro. Com as sensações que estava sentindo, com a falta de ar que me consumia a cada segundo, a única decisão que consegui tomar, gastando toda a energia cognitiva restante, foi a de não cair no box pelado chegando à conclusão de que ele não conseguiria me vestir a tempo até o socorro ou a funerária chegar. Envolto em medo, como uma criança apavorada no fim do dia na escola à espera dos pais, aguardava aquelas memórias sobre a vida que dizem termos antes do último suspiro, porém, nada vinha. O acesso parecia estar negado! Eu até involuntariamente tentava acessar qualquer informação, qualquer lembrança, entretanto só conseguia ficar cada vez mais apavorado tentando sair daquele buraco enorme e escuro que ficava girando com um fio verde bandeira horroroso. Quando consigo desligar o chuveiro, driblar a porta do box e vestir com a última energia que havia me sobrado no corpo para colocar urgentemente uma peça de roupa em um frio de 4 graus, como se quisesse expulsar alguma coisa maligna, começo a tremer como nunca havia tremido na vida. Como se a casa estivesse em surto, como se as placas tectônicas tivessem armado um barraco.

— Preciso parar com tudo — disse baixinho.

— Tudo? — perguntou ele, como se conseguisse ter algum diálogo ali.

— Com tudo. Com o chefe. Com o trabalho. Com o canal. Com a família. Contigo.

— Óquei. Você pode acabar com tudo. Mas não hoje.

Deitado no colo de um garoto de 20 anos, com a barriguinha descansando no tapete azul enquanto recuperava o calor do meu corpo na estufa elétrica senti, pela primeira vez, depois do chuveiro, o primeiro lugar seguro no mundo.

Ainda sem idade para ser *sugar daddy*, mas suficientemente pronto para entrar no *prezinho* e aprender a ser amado.

Ninguém abre um cofre empurrando com as mãos, né? O mais engraçado é que tem gente que tenta.

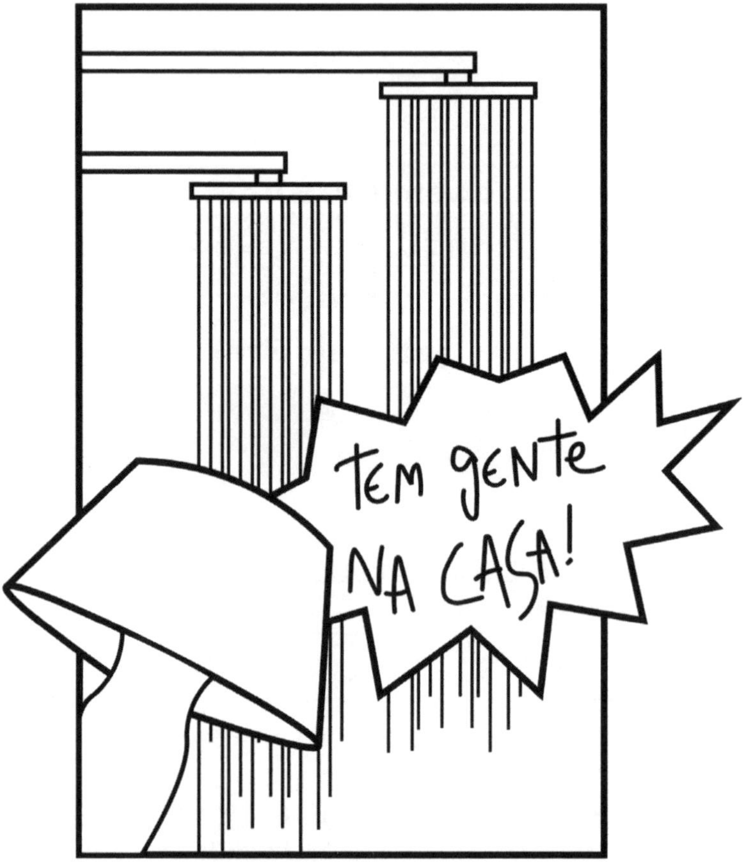
TEM GENTE
NA CASA!

TEM GENTE NA CASA!
TEM GENTE NA CASA!

Estava exausto! Havia acabado de retornar de São Paulo com um olho aberto e outro tirando cochilo. Queria apenas morrer um pouquinho e voltar depois, mais descansado. Mas para a minha sorte, como o Batata havia combinado de me encontrar no aeroporto, a promessa era que o próximo olho pegasse sua vez na roda de cochilos: a noite seria longa.

Além de bipolar, eu também sou sonâmbulo. Coisa de família. A minha madrinha, uma vez, foi passar uns dias na casa dos meus primos, acordou no meio da noite e foi direto para a sacada. A sorte é que um deles estava jogando videogame e conseguiu segurá-la a tempo. Foi um fiasco e ao mesmo tempo assustador. Desde então, ela passou a se maquiar e se perfumar toda noite antes de dormir. Segundo ela, caso acorde e vá perambular por aí, pelo menos estará apresentável.

Seguindo a lógica, minha mãe e toda família percebendo que eu seria um discípulo da minha madrinha, sempre impuseram sérias recomendações para dormir de forma adequada, trancar todas as janelas, esconder as chaves, "jamais acordar o Guilherme enquanto ele está andando pela casa. Lentamente, de forma tranquila, guie-o de volta para a cama" era o lema. Como era comum aparecer na sala gritando "SAIAM DA MINHA CASA! SAIAM DA MINHA CASA!", pela frequência, aos poucos, o evento foi deixando de ser engraçado. Aliás, por não descansar tão bem como gostaria, nunca dormia com ninguém, porque, na minha cabeça, certamente o vexame seria ainda pior. Entretanto, com o tempo, passei a avisar: "Eu sou sonâmbulo, tá? Então apenas me guie de volta para a cama". Teve uma vez que um ficou tão assustado que decidiu voltar para casa e não me procurar mais. Traumas? Talvez.

No caso do Batata, havíamos saído algumas vezes para jantar, tomar um açaí e dar uns beijinhos no carro. Eu sentia que a cada encontro, pelo ritmo em que a relação estava, era como se ele falasse: um passo de cada vez, óquei? E eu gostava disso — embora na época ainda fosse alguém completamente emocionado.

— Gui, o que você acha de eu te buscar no aero, vamos pra casa, faço um jantar pra gente e você dorme lá?

"DORME"? É hoje.

Assim como algumas pessoas têm tesão em fazer sexo de meias, eu tenho tesão em quem me busca na saída ou chegada de algum lugar. O fato de o Batata me convidar pra dormir em sua casa era como subir mais um degrau nessa relação, e meu sonambulismo não iria atrapalhar a chance com o possível amor da minha vida.

Chegando lá, adorei! Nunca tinha ido à casa dele. Um terreno enorme na frente, com espaço para colocar umas cinco piscinas. Uma pegada minimalista, mas ao mesmo tempo com um toque de casa de vó, com algumas decorações feitas de crochê. Internamente, impecável e muito bem organizado. Parecia mais o showroom da Tok&Stok. No banheiro, dois chuveiros, um de frente para o outro.

— Por que você tem dois chuveiros no banheiro? — perguntei, parecendo um idiota.

— É pra quando eu casar. Já quis deixar pronto.

A sorte é que eu não era o único emocionado por ali.

Jantamos, conversamos, peguei minha escova e, enquanto me olhava no espelho tentando fazer o movimento repetitivo de escovação, também tentava decidir se contava a ele sobre o sonambulismo ou pagava para ver. Ele era legal, a noite foi ótima, o banheiro tinha dois chuveiros, por que contar, sabe?

Fomos dormir.

No meio da noite, com o chalé completamente escuro, em um bairro completamente afastado, dei um pulo na cama, fiquei em pé em cima dela e, da ponta, saltei fazendo um enorme barulho por conta do assoalho. Segurei-me no abajur e bradei:

— TEM GENTE NA CASA! TEM GENTE NA CASA!

Batata ligou o seu abajur apavorado, derrubando quase tudo que estava em cima da mesinha...

— O QUE ESTÁ ACONTECENDO? O QUE É ISSO?

— TEM GENTE NA CASA, TEM GENTE NA CASA!

Não me julguem. Ou julguem. Ninguém consegue realmente explicar os reflexos de um sonâmbulo.

— PELO AMOR DE DEUS, O QUE EU FAÇO????

O garoto acreditou, de verdade, naquilo que eu estava gritando. Em sua defesa, ele não tinha como saber que eu não estava acordado. Armado do abajur, ele estava pronto para nos defender daquilo que nem mesmo estava acontecendo. Ou estava?

Assim como o surto veio, ele se foi.

— Desculpa, sou sonâmbulo — falei em um tom instantaneamente calmo e voltei a deitar na cama.

Eu não sei o que aconteceu depois. Dos flashes que tenho, os que tive dessa situação, foi de ouvir o coração do Batata na boca, sentado na cama de roupão, olhando-me completamente indignado.

No outro dia pela manhã, peguei meu café e comecei a comer o bolo feito em casa pelo moço dos chuveiros, mas dava pra ver claramente que ele não estava de bom humor.

— O que foi aquilo ontem?

— Aquilo o quê? — Fui descoberto, não tinha muito como disfarçar.

— A gritaria, o show, o susto! — Tinha claramente irritação naquele tom de voz. — O que foi aquilo?

— Sou sonâmbulo, Batata. Não quis te contar por vergonha, mas às vezes acontecem alguns desastres assim. Principalmente quando estou muito cansado.

— TEM GENTE NA CASA! TEM GENTE NA CASA! Meu, eu achei que fosse enfartar ontem, meu Deus! Não faz mais isso. — A expressão dele ainda era de susto, com a mão no coração simulando um infarto, e não pude evitar que a gargalhada subisse pra garganta.

— Você se importa de me guiar de volta se eu me perder da cama? — perguntei ingenuamente.

— Acabou o açaí pra você — disse ele.

**Será que eu te amo porque te amo
ou porque quero muito te amar?**

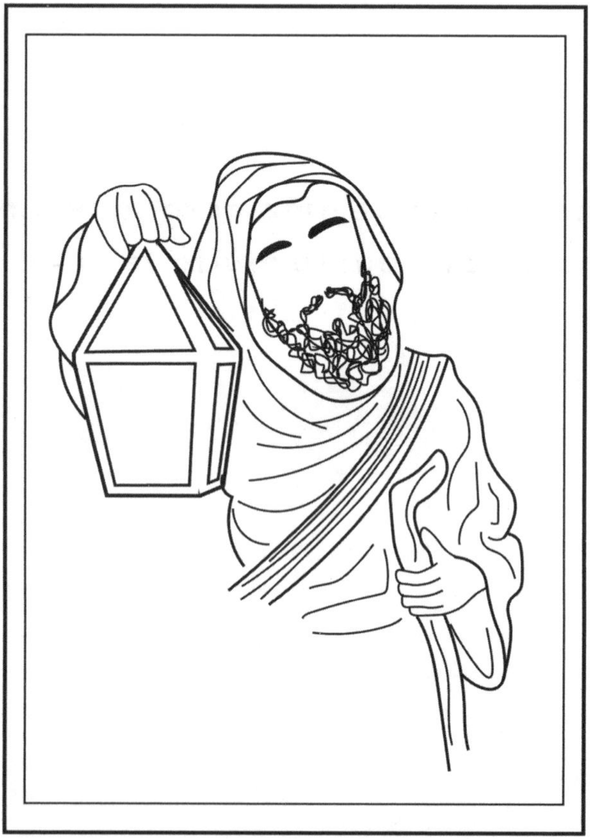

SÃO LONGUINHO, SÃO LONGUINHO... SÃO LONGUINHO.

Sempre fui uma pessoa feliz, apesar de toda narrativa trágica e desastrosa emocionalmente, mas não estava naquele fim de semana. Eu já vinha passando por longos períodos me sentindo profundamente triste, perdendo a conexão entre mim e as outras pessoas. Para ser mais exato, a galera que mora aqui dentro nem me pagava aluguel; estava tudo uma grande bagunça.

Sou extremamente competitivo. Ou era? Ou ainda sou? Não sei. A questão é que naquela sexta-feira o videogame não iria dar conta de me anestesiar. Todos os meus amigos estavam viajando, estava a mil quilômetros de distância da família e, logo depois das seis, ouvi um barulho dentro de mim vindo junto a um bilhete: não sei se aguentamos mais que vinte e quatro horas.

Quando você tem depressão, não é nada poético ou coisa de escritor. É uma doença assombrosa! Cheguei ao estágio de pensar na morte como possibilidade de alívio, ainda que sempre tenha achado um desafio ir embora sem antes fazer tudo aquilo que eu mereço fazer. No entanto, naquele dia, o governo interno acionou um alarme preocupante: uma tempestade estava a caminho e ainda não era possível calcular a gravidade.

Como respeito muito o meu corpo e não tenho a menor dúvida quando ele está falando comigo, corri as escadas do meu flat chique em Moema e coloquei algumas roupas dentro da mochila. Sequestrei alguns livros da estante, enfiei todos os remédios urgentes (pra depressão, pra ansiedade, pra sinusite, pra dor de cabeça, pro foco, pro intestino), comprei a passagem no celular, entrei no carro do motorista de aplicativo e disse: TOCA!

Às dez horas da noite estava observando as luzes e calculando quão perigosas poderiam ser as ruas em que passávamos caso um dia decidisse andar por ali a pé. São Paulo nunca representou pra mim uma cidade, mas um parque, que você se programa para ir, passa um tempo e vai embora.

Quando cheguei à rodoviária, emiti meu bilhete e cheguei à plataforma que me levaria ao meu destino. Finalmente me senti em casa ao ver um monte de pessoas em volta de sacolas, com um tom fofo no sotaque.

— Belo Horizonte, onze horas, Cometa — disse o motorista gritando.

Eu adorava aquela empresa! A cor do ônibus, o motorista de bigode, a senhora gordinha tentando levar as bolsas tudo de uma vez. Eu tive certeza de que estava em casa quando um senhor deu cinquenta reais para uma família logo após descobrir que eles haviam perdido o ônibus e passariam a noite ali. Um desconhecido ajudando outra desconhecida: ali era o meu lugar.

Como comprei a passagem em cima da hora, fui consciente do meu lugar no corredor, próximo ao banheiro – um dos piores lugares. Só não sabia que o mesmo senhor fofo que eu havia amado minutos antes faria tantos comentários e tantas perguntas nas nove horas de viagem. Eu juro que amo viajar pra Minas de ônibus, não pelo trajeto ou pelas histórias que vou ouvindo, mas pelos motoristas que sempre fazem uma minioração logo depois de falarem as recomendações de segurança. Todo mundo reza. Eu rezo.

O tempo passou. O senhorzinho legal não calou a boca a viagem toda. Só não fiquei mais cansado porque encontrei um cafézin na rodoviária com pastel folhado. Eu amo pastel folhado! Eu amo café mineiro. Eu amo a rodoviária de Belo Horizonte. Eu amo Minas! *Mas para onde eu vou?*, pensei. Olhei para a placa à frente: "Ouro Preto em dez minutos", óquei.

Fui ao guichê, comprei a passagem e apenas me entreguei ao melhor assento: na janela e sem ninguém ao lado. Àquela altura, eu não pensava em mais nada. Estava medicado pela aventura, pela proximidade de estar pisando em terras que, inconscientemente, de vidas passadas, trazem a sensação absurda de já ter sido de lá. De ter um avô de lá. De ser de lá?

Chegando a Ouro Preto, foi um choque. Não tinha nenhum lugar para ficar, então fui andando pelas ruas atrás de pousadas. Dei com o nariz na porta em várias e fui quase corrido de uma. Nem todo mundo achou de bom-tom um louco sozinho de mochila perguntando se havia vagas em um lugar onde há filas de espera. Como meu foco não era luxo, nem meu bolso estava disposto a pagar muito, encontrei uma casinha úmida e geladinha, mas ótima em cumprir o que mais necessitava no momento: uma cama e um chuveiro quentinho. E era isso.

Depois me arrumar, saí novamente sem rumo. Tudo era novidade. As pedras irregulares, as subidas, os casais, a comida... Aliás, não estava sendo bem uma novidade. A sensação de desfrute não tinha gosto de novo, de catalogar na mente novas experiências, nada disso, a percepção tinha mais cheiro de reencontro.

O dia foi passando, e o pessoal que estava gritando internamente foi aos poucos se acalmando... "Papai está em casa", ouvia os sussurros. E eu estava mesmo. Depois de chorar horrores no museu que me fez lembrar a vida de muitas pessoas escravizadas, na subida, de volta para a pousada de recepção não tão simpática assim, vejo um senhor com um rosto amigável dentro de uma loja de santinhos. Jovem místico como sou, entrei sem pensar.

— Oi, senhor! Tudo bem? Teríamos o São Longuinho?

— O São Longuinho? Eu acho que não. *Deixeu* dá uma *oiada procê.* — Amava aquele sotaque.

Depois de uns dez minutos xeretando tudo, ele voltou com uma imagem emborrachada em pé na mão direita, com um olhar de quem encontrou algo há muito tempo perdido...

— *Ocê* não vai acreditar! Acredita que não tinha mais, e esse era o último? Acho que tava só lhe esperando.

— Vim buscar o que é meu, então! Quanto que é? — Talvez o santo pudesse ser a última peça que estava me faltando para encontrar o amor. Se ele encontra tudo o que está perdido, por que não encontraria?

— Apenas as pedrinhas, este é seu. É presente! — o vendedor respondeu, fazendo algum sinal com a mãozinha enrugada que interpretei como uma bênção.

Eu nunca fiquei tão feliz na minha vida! Na verdade, este foi um dos momentos mais felizes. Generosidade.

Ele não sabia o quanto o São Longuinho era importante para mim, o quanto, por inúmeras situações, já me auxiliou a encontrar o que mais procurava. E ali, naquele momento, naquele fim de semana, eu precisava mais uma vez dele: estava à procura de mim mesmo.

De volta à pousada, deitado na cama de barriga pra cima segurando meu presente exclusivo, fiz um pedido: "São Longuinho, São Longuinho, São Longuinho, se não for abusar muito dos pedidos de hoje, o senhor me ajuda a encontrar um amor também? Porque eu tenho quase certeza que o meu está perdido por aí, talvez ele precise que eu o encontre também".

Após terminar meu pedido, coloquei meu amigo na mesa ao lado da cama, peguei minhas coisas para tomar um banho e percebi a tela do celular acender com uma nova mensagem no Instagram:

> Gui, tudo bem? Eu não sei se você vai se lembrar de mim, mas nós conversamos há alguns meses, somos vizinhos aqui em São Paulo, lembra? Sou gaúcho também. Desculpa a mensagem, mas é que vi uma palestra sua e me deu muita vontade de te conhecer, continuar conversando contigo. Por isso te achei aqui.

Quando olhei a foto, lembrei na hora e dei um berro, olhando pra cabeceira:
— SÃO LONGUINHO???

Desisti do banho, e fui responder. Entre mensagens e emojis, comecei a notar que já estávamos na vida um do outro há muito tempo, antes mesmo de conversarmos pela primeira vez. Ele me contou que quando foi professor em uma instituição grande no estado de Santa Catarina, meu rosto estava em todos os computadores da unidade por causa de uma campanha que havia feito quando nem trabalhava com internet.

Na época, era apenas um estudante de comunicação trabalhando em uma agência. Como esta empresa era responsável pela instituição, em um dos processos criativos falaram para mim: "Psiu! Vai você aí", e fui, fiz a foto para a peça publicitária, foi aprovada e ficou a minha imagem lá por anos, mesmo depois, quando já havia me formado.

Um dia, chegando para dar aula, alguns alunos pediram que ele colocasse um dos meus vídeos — um hábito de praxe antes do início de qualquer atividade entre eles era propor algum vídeo para a turma inteira assistir e refletir. Ele colocou, comentaram sobre e a aula seguiu. No entanto, naquele momento, não relacionou a foto que estampava os monitores com o vídeo recém visto. Um vi-mas-não-vi. Quando achei que tinha finalizado, mais uma coincidência: descobrimos que os nossos pais estudaram juntos na mesma escola.

Depois de horas de conversa, combinamos de nos encontrar no dia seguinte e colocar a fofoca em dia, o *date* estava mais para reencontro — palavra muito usada nesta viagem — que algo totalmente novo. Saí de Minas embriagado com a possibilidade de encontrá-lo. Entretanto, ainda entusiasmado com tanta similaridade, eu também me preocupava: estou me sentindo absurdamente bem, animado, a galera que mora aqui dentro está calma... seria uma resposta por estar em Minas ou pela possibilidade de ter encontrado alguém? Se eu estou absurdamente feliz por supostamente ter encontrado alguém logo em um período que estava muito mal, isso quer dizer que me perdi de mim mesmo?

Quando dei por mim, entre meus pensamentos, lá estava eu: atrasado! Um encontro que deveria acontecer às oito da noite em São Paulo, 19h53 ainda estava dentro do ônibus, com ele parado no trânsito, tentando entrar na capital Paulista. Meia hora depois, saí do ônibus, entrei em um carro de aplicativo, desci, fui de metrô e, para completar, aluguei um patinete para tornar minha chegada ainda mais dramática.

Quando eram 21h45, recebo uma mensagem:

> Gui, não vou ficar triste se você não quiser vir, tá? Superentendo caso você tenha desistido.

Acho que ele tinha acabado de apertar enviar quando meu patinete parou e meu perfume anunciou minha chegada.

— Tu achas mesmo que eu cancelaria um encontro do acaso como esse? — respondi enquanto ele guardava o celular no bolso.

Ele riu. Não mostrando os dentes, mas iluminando tudo ao redor com aqueles olhos azuis que mais pareciam a Praia do Campeche em dias ensolarados.

Já dentro do restaurante, o cara era um cabeça. Inteligente e bonito. Não bonito, bonito. Mas um inteligente bonito. Aquele homem que fica bonito porque é inteligente, sabe? Sem falar nos olhos. O aluguel daquela vista deveria ser uma fortuna. De fato, se tudo desse errado, tínhamos um potencial enorme para nos tornarmos melhores amigos. Que sensação gostosa de reencontro! Enquanto ele falava, percebi que passei a maior parte do tempo achando que toda relação oferecia um único tipo de formato, e acabei esquecendo que o modelo que sempre pensei que pudesse existir, na verdade, nada mais é do que a própria relação, o que é proporcionado na interação entre os envolvidos. Sobre o que o outro te faz sentir, se ele te enxerga, se você consegue se perceber e, o mais importante, se a pessoa de quem você está a fim consegue atravessar sua camada mais grossa, aquela a qual pouquíssimos tiveram acesso.

O encontro terminou e outros continuaram vindo.

Toda semana eu abria a porta e ficava lá, alguns segundos olhando para aqueles olhos que também funcionavam como céu em dias claros em qualquer lugar, até mesmo à noite. Sempre amparados por conversas inteligentes sobre o mundo, conchinha em dias frios, parceria no *Call of Duty* no videogame, noites de vinho e comida italiana aos domingos, para fortalecer o hábito. Comecei a me dar conta de que talvez seja por isso que eu tenha corrido para Minas, talvez seja por isso que a sua presença me levou de Minas a São Paulo mais calmo e mais esperançoso: **eu queria amor.**

E não em uma ideia limitada de viver um clichê, ainda que seja uma delícia. Na verdade, quando eu digo que eu percebi que eu "queria um amor", eu desesperadamente desejava um. Quem sabe por não saber me dar da forma que a galera que mora aqui dentro precisava? Ou por estar de saco cheio de beber sempre de um único tipo? Ou por precisar que outros acessem regiões inalcançáveis por mim e me proporcionem sensações que não conseguirei me proporcionar? Amar-se é incrivelmente lindo e essencial. É, de fato, tudo, mas não é o todo. Não para um ser que é social, que tem a interação como necessidade.

Apesar de querer vender tudo e financiar o azul que aqueles olhos me proporcionavam, as similaridades não tinham força para sustentar as limitações de cada um. Eu ainda estava perdido por dentro, ainda dependia de Minas para me encontrar. No fim, São Longuinho havia atendido meu pedido. Mas quem eu precisava encontrar era eu. Dentro de mim mesmo.

Beleza só é linda quando não dá para postar no Instagram.

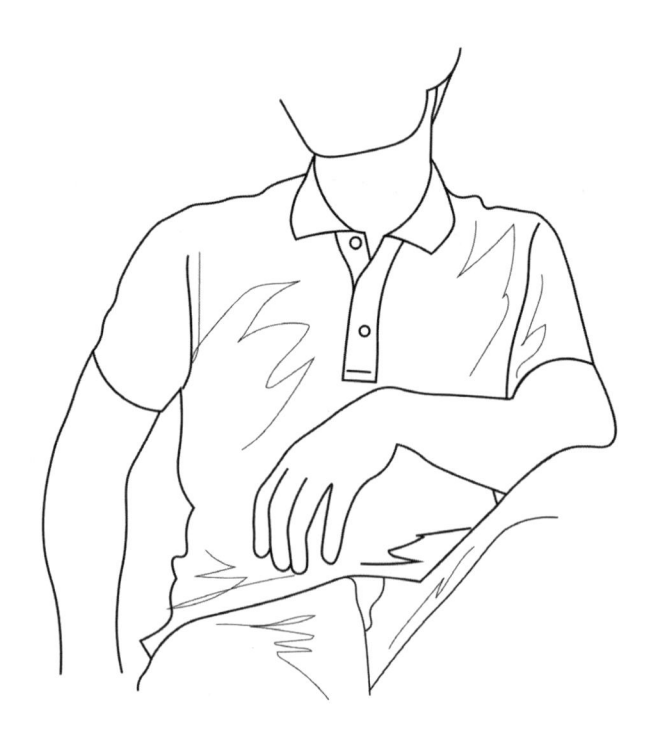

POR FAVOR, NÃO ESTRAGUE TUDO!
POR FAVOR, NÃO ESTRAGUE TUDO.

Homens de polo. Sim, já conversamos sobre isso por aqui. E esse era ele. Polo, relógio gordinho prateado no punho direito e uma voz horrorosa gritando dentro da minha cabeça: *Por favor, não estrague tudo! Por favor, não estrague tudo.* Ainda que separados por mesa, mostarda e alguns pacotinhos de sal, o perfume que sentia enquanto falávamos era mais gostoso do que o prazer de vê-lo de pé. Não era afrodisíaco simplesmente por ser caro, mas pela junção do cheiro bom vindo daquele corpo somado a um peito possivelmente confortável para dias difíceis. Sabe aquela pessoa com uma carinha de apego seguro? Alguém que liga para a mãe pedindo bênção, prepara café da manhã antes de dizer bom-dia e acha um desaforo você se oferecer a pagar a conta de um convite para um encontro que ele mesmo organizou? Para ser mais exato, tinha cheiro de cafézin, de "Rapaz, você é a cara do amor da minha vida! Você me faria um bebê rapidinho, só pra testar um negócio?".

No fim, não queria que ele aceitasse. Não queria começar pelo quarto, mas também, se possível, nem de longe gostaria de ter testemunhas de nosso beijo e mãos bobas no saguão do hotel. Será que nos veríamos de novo? Entrou a notificação de um pensamento intrusivo.

— Vamos subir? — perguntei sem desviar o olhar.

— Claro — respondeu ele como alguém que tivesse aceitado mais um pedaço de torta de morango.

Convidá-lo a subir ao meu quarto, que mal teria? Dois adultos, solteiros, atraídos um pelo outro, certo? Certíssimo. O problema é que o sexo não era apenas sexo para mim, mas uma forma de tentar me vincular à pessoa pelo prazer, por uma intimidade mais obscena, quase imposta. Por um gozo mais fácil de ser acessado, como dizia minha antiga psicanalista. Ninguém transa de roupa. Então na minha cabeça era como: *Olha, como nós já ficamos pelados na frente um do outro — quer mais intimidade que isso? —, assim não preciso ficar ansioso em construir de forma natural a nossa intimidade pelo convívio. Morro de medo de mostrar meu verdadeiro eu para os outros. Você está de acordo?*

Ele não tinha como estar de acordo. Tinha cara de quem sofreu por um ex ou outro, mas que a psicoterapia dava conta... quem você acha que realmente parecia ter o perfil para dar uma aula sobre psicofarmacologia ali naquela mesa, adivinha? *Por favor, não estrague tudo! Por favor, não estrague tudo,* e, sim, estraguei tudo. Bem, não fizemos um bebê. Foi barba e cabelo, sem bigode. Mas nem por isso deixou de ser gostoso. O meu medo de transar no primeiro encontro nunca foi sobre moralidade, porque depois de um tempo passou a ser a ideia de deixar de explorar outras sensações, buscando garantias na pressa. Demorei pra entender que poderia ter orgasmos de formas não tão urgentes. Enquanto juntávamos nossas coisas, olhando de canto, eu sabia que era ele e não sabia o porquê... Tá, na verdade, era mais porque eu queria. Desculpa.

    Os dias foram passando, voltei a Florianópolis. Como estava na loucura de viajar, uma hora para cada lugar, nossos papos se intensificaram pelas redes sociais. Não tínhamos desistido ainda e já tínhamos um recorde de interações! Em seu Instagram, enquanto aproveitava para stalkear e fanficar um pouquinho, o sujeito não era bonito apenas em algumas fotos, MAS EM TODAS, sem exceção. Era a cara do pai dos meus filhos! Foram longas semanas de FaceTime, ligações de "como foi seu dia?" e até a cobrança de "Não, Gui. Eu quero saber como foi seu dia *mesmo*! Quando acordou, o que comeu, quais livros tentou comprar de novo e se o seu cartão não passou... essas coisas".

    Eu não entendia. Oi? Como assim vou falar para ele como foi o meu dia de uma forma detalhada? Um "Foi legal, fiz algumas coisas. E você?" não é suficiente? Claro que não. Talvez ele soubesse muito mais do que eu sobre como construir uma relação. Talvez ele soubesse que não dá para ser impreciso e desleixado na formação de um amor sendo construído a distância. "Eu quero te levar a Caldas Novas, quero te apresentar à minha família e aos meus amigos. Quero, caso você se sinta à vontade, que a gente sinta a presença de Jesus aos domingos." *Eu também quero tudo isso*, pensava. Mas como aceitar tudo isso se nunca te ofereceram tudo isso? Parece fácil, porém não é simplesmente aceitar. É como matemática básica: se você não sabe divisão, certamente terá dificuldades quando for apresentado às frações. E, nesse caso, alguém precisava me explicar o que era matemática.

> Estou pensando em ir a Florianópolis. O que cê acha?

Li a notificação no celular e encarei a tela.

Acho ótimo! Inclusive, adoraria dividir a passagem... as paranoias, as inseguranças, os medos, os traumas, as minhas vulnerabilidades, pensei.

Do dia da compra da passagem até vinte e quatro horas antes do avião pousar em Florianópolis, tudo parecia óquei e silencioso internamente. A animação que eu sentia desde o encontro no bar do hotel há dois meses, logo deu sinais de que poderia entrar em declínio. Meu corpo, de forma abrupta e repentina, acusou dez por cento de bateria. Exatamente vinte e quatro horas antes, comecei a me sentir extremamente cansado, desmotivado, triste. Como se tivessem me colocado um lençol, edredom? Talvez até um colchão por cima. Quando o avistei saindo da sala de embarque com um sorriso amarelo-branco lindo, do colchão me colocaram dentro uma caixa de vidro cheia d'água.

Eu gritava por dentro: *Por favor, não estrague tudo! Por favor, não estrague tudo!* Implorava desesperadamente enquanto ele vinha na minha direção, na vã tentativa de algo mudar, de alguém apertar um botão nesse meio-tempo. Entre um abraço desconhecido, que me acalmava mais que qualquer outro, fomos para casa. Poderia te descrever cada momento: a praia, as fotos que mantenho no Instagram e a lembrança da sensação de paralisia, porém a única coisa na qual minha mente insiste em sempre trazer à tona é o meu esforço para conseguir sair desse marasmo absurdo, desse cansaço que, durante muito tempo, me fez acreditar que eu pudesse estar quebrado, despedaçado, incapaz de me conectar a alguém.

Após três dias, o cheiro de cafézin foi embora com algumas impressões que pagaria cada centavo para descobrir. Continuamos nos falando sem muita diferença nas nossas interações, até que a exigência pelos detalhes do dia começou a me incomodar. Eu não tinha mais certeza se iria definitivamente morar em São Paulo. Morar naquela loucura? Em uma cidade em que você sai com as sacolas do supermercado e tem uma família de quatro gerações pedindo um pão? Não sei se aguento. Do signo fofo passamos a um perfil controlador que me irritava, seus esquemas me irritavam. Com medo de me relacionar com alguém abusivo, decido então que seria melhor irmos com mais calma ainda. Sim, eu pedi calma. E, vindo do emocionado que sou, exigir que o outro tenha paciência é dizer que estou assustado; que quero, sim, mas que preciso de uma flexibilidade cognitiva para perceber se é isso mesmo. E assim foi.

Quatro meses depois, após ter passado por um enorme período com um colchão king size em cima de mim, sentindo-me desastrosamente sem Wi-Fi com o mundo, fui diagnosticado pela primeira vez com transtorno afetivo bipolar. Um choque e também não entendi nada. O psiquiatra era um querido, mas não soube me explicar o porquê das medicações, o ganho de peso, seus efeitos, como seria dali pra frente... *Senhor, vou ser o mesmo? Vou mudar? O que acontece? O que aconteceu até agora? Quando desligo? Aperto qual botão?* Acabei entendendo que se tratava de um diagnóstico difícil, sem confirmação inicial. Apesar de algumas peças estarem se encaixando, por mais que eu quisesse com todas as minhas forças, não conseguia mais o match entre nós. Lítio, monogâmico e conservador, tolerava, às vezes, um *ménage* com o Rivotril®, apenas para resgate, quando a merda realmente começava a feder.

Após longas semanas de cortinas fechadas e o celular acumulando notificações, alguém bate à porta como se não tivesse sido atendido há anos:

— Rapaz, tem alguém lá embaixo procurando por você.

Como assim? Quem procuraria por mim a uma altura dessas?

Desci, e vi uma senhora parecida com a minha mãe. Era ela mesmo, mexendo os braços, com seus cabelos vermelhos e ao lado de alguém de polo, relógio gordinho prateado no punho direito e com a expressão de quem encontra um desaparecido.

— Finalmente — disse ele.

Por favor, não estrague tudo! Por favor, não estrague tudo!, só conseguia ouvir o desespero internamente...

— Vim fazer o bigode! — brincou enquanto colocava o braço cheiroso por cima de mim em direção ao apartamento. — Ouvi dizer que tem uma cama de casal enorme em cima de você, pensei que fosse precisar de ajuda para segurá-la um pouquinho... Aliás, tá meio bagunçado por aqui, podemos começar pelo quarto?

Espero um dia que me chamem para estagiar. Penso que não consigo arrumar um emprego, não pela falta de experiência, mas por não me darem a oportunidade de ir aprendendo com a função.

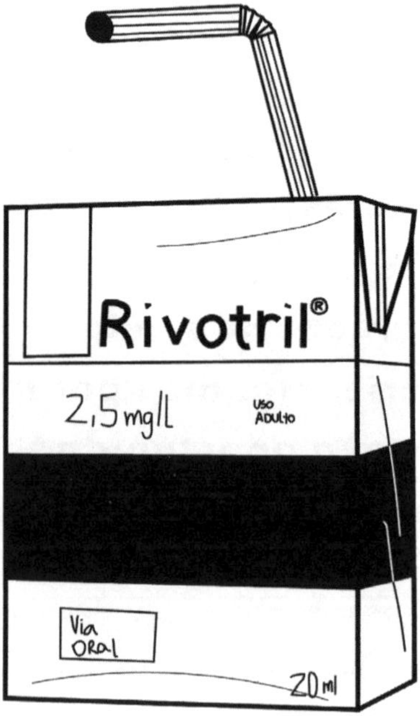
Rivotril®
2,5 mg/L
USO ADULTO
Via ORAL
20 ml

O DIA EM QUE METI
A BOCA EM UM CINZEIRO

O cara parecia uma chaminé. E não porque soltava a fumaça que havia acabado de tragar pelo nariz e pela boca, mas pelos poros. Como se a sua pele tivesse criado um sistema às pressas para mandar toda aquela porcaria embora por qualquer buraco que encontrasse no caminho o mais rápido possível. O cara fumava um cigarro atrás do outro, aquele da bundinha laranja. Não entendo muito, mas ouvi uma vez que esse é o que chamam de "a próxima fase", quando os que vinham sendo consumidos até então não fazem mais efeito. Não é bem o crack da nicotina, tá mais para o melhor amigo da "Dinda" fumante que todo mundo tem: deixa a voz rouca e a pele triste.

Ele era bonito, ou foi um dia. Não me lembro da ordem. Acho que já deu para perceber que não possuo apenas um único tipo. Tenho alguns. O agroboy, o de polo e reloginho cinza no pulso com cara de quem estuda administração na FGV e aquele com cara de cafa. Tem também aquele cuja foto fica difícil de discernir se é misterioso, psicopata ou tímido.

Sentindo-me de volta aos anos 1960, ficava fazendo conta de cabeça pra entender se ele tinha esperança que um beijo pudesse rolar depois de tantos cigarros. Quando vamos à balada, um beijo com gostinho de cerveja geladinha e um resquício de cigarro de canela no fundo é esperado. Agora, ali, não sei se estava pronto para meter a língua em um cinzeiro. Veja, ainda que eu não goste de cigarro, também sei que seria até cretino da minha parte comparar o vício como um hábito. Há uma série de fatores que levam alguém a dar a primeira tragadinha e continuar... E, entre fumaças, uma rua barulhenta na região da Rua Augusta, em São Paulo, e o meu esforço de "aguento mais dez minutos nesta palhaçada", comecei a notar por que a chaminé estava a todo vapor...

— Então, sei que nada a ver falar isso em um primeiro *date*, mas, é verdade. Eu quebrei o carro do meu ex — ele disse quase a frase inteira olhando para a rua, sem me encarar.

— Quê? Então você é abusivo? — respondi em tom de deboche, mas assustado.

— Ele me traiu com o nosso vizinho e foi morar com ele, Gui. O carro que quebrei um pouco com um pedaço de pau era nosso. Sessenta prestações. E só tínhamos pagado trinta e seis. Chamaram a polícia, foi um escândalo.

— Você ainda gosta dele, Marlboro? — perguntei, mesmo o seu rosto denunciando tudo.

— Eu não durmo desde então. Às vezes, tenho vontade de não acordar mais, tomar uns remédios, sei lá...

Ele começou a chorar pelos óculos, limpando com a mão direita meio peludinha as lágrimas que caíram com força.

ÓQUEI. O encontro saiu rapidamente de "olha, quem sabe uma escovinha nessa língua, quem sabe role um beijo aqui" para algo mais suicida. O rostinho dele me animou a vir. Agora isso. Meu modo terapeuta estava quase ativado. Eu poderia muito bem abraçá-lo, falar algumas palavras de conforto, alguns clichês como "Tudo passa. Vai dar tudo certo" e ir embora. Eu morava perto. Mas não seria eu.

Ele já tinha falado mal das minhas meias de patinho — minhas meias favoritas —, que talvez eu não tivesse mais idade para usar. Eu, aos 20 e poucos anos, sem idade para usar uma meia azul cheia de patinhos amarelos? Ah, poupe-me. Mais a história do surto com o ex, o choro e as narinas que parecem uma churrasqueira no início do fogo?

— Você já fez terapia holística? — perguntei quase intimando.

— Já ouvi falar muito, mas nunca fiz. É bom?

— Por que você mesmo não descobre? Me dá um minuto.

Uma fugidinha para o banheiro era tudo de que eu precisava para resolver a situação. O contato era fácil de achar, e quando dei por mim já estava discando.

— Amigo? Amigo! Como tu tá? Tá em casa? Tô em um *date* e o menino tá chorando desesperado pelo ex. Não faz cinco minutos que mencionou que não quer mais viver, e outras coisas que não prestei atenção por causa do déficit. Posso levá-lo aí? Não é psicologia, mas tá valendo. Só faço publicidade.

— Guilherme, Guilherme... Tudo bem, traz!

Corri de volta para a mesa em êxtase. Conseguiria apresentar a cura para alguém.

— MARLBORO! Pega teu casaco, vou te levar a um lugar.

Enquanto caminhávamos para a casa do Gigi, meu amigo terapeuta, tentava entender se esses encontros desastrosos tinham a ver comigo também. Será que eu estou atraindo essas pessoas? Beleza. Atraio essas pessoas e também aceito levar ajuda a elas. Eu quero isso? Quem sabe ele se cure, conserte-se, sabe-se lá o que precisa ser feito, e depois a gente continue de onde parou? É um caminho.

O apartamento de destino era chique e holístico, e o Gigi logo pediu que eu ficasse em uma parte mais reservada por uma questão de privacidade.

Enquanto um cara que havia conhecido há menos de três horas estava na sala de um dos meus melhores amigos fazendo uma terapia holística para curar a dor de amor do último relacionamento, em vez de estar em psicoterapia, sentado em uma das cadeiras na beira da piscina, eu imaginava o dia em que seria visto. Que deixaria de ser a ponte da dor à cura. O dia que deixaria de ser curandeiro. O dia em que sairia de casa animado para um encontro e, de fato lá, fosse encontrado.

Sem malas ao lado da mesa convidando-me para auxiliar o outro. Já tenho as minhas. Ou melhor, se as malas do outro fossem tão leves ou tivesse já tanta prática em carregá-las, ora ou outra, talvez ele pudesse me dar uma mão também. Quando desperto da criação de um mundo paralelo, Marlboro surgiu vindo em minha direção parecendo outra pessoa, mais limpo, com um número absurdamente menor de malas. O acolhimento começava a fazer efeito...

— Eu nem sei como te agradecer!

— O que aconteceu lá? — perguntei, ainda olhando para a mesma direção.

— Talvez o início de uma vida que pretendo seguir mais pra frente: tranquila. Muito obrigado mesmo por me apresentar seu amigo! Tô me sentindo mais calmo.

O sol, que tinha pintado uma parte do céu de laranja, fez com que se criasse uma atmosfera gostosa de acolhimento por ali. Antes mesmo de fazer qualquer conta de cabeça, minha boca já estava dentro do cinzeiro que, sinceramente, não era ruim, mas o gosto do Malboro também não era bom. Após algumas tentativas ininterruptas de sincronização, empurro-o devagar com as duas mãos, como se estivesse empurrando uma chance. O nosso primeiro beijo não era um começo, mas uma despedida.

Foi ali que percebi que ninguém mora no hospital; quando a cura vem, a alta chega junto.

Você tem um espelho?
Tô precisando me enxergar
como você me olha.

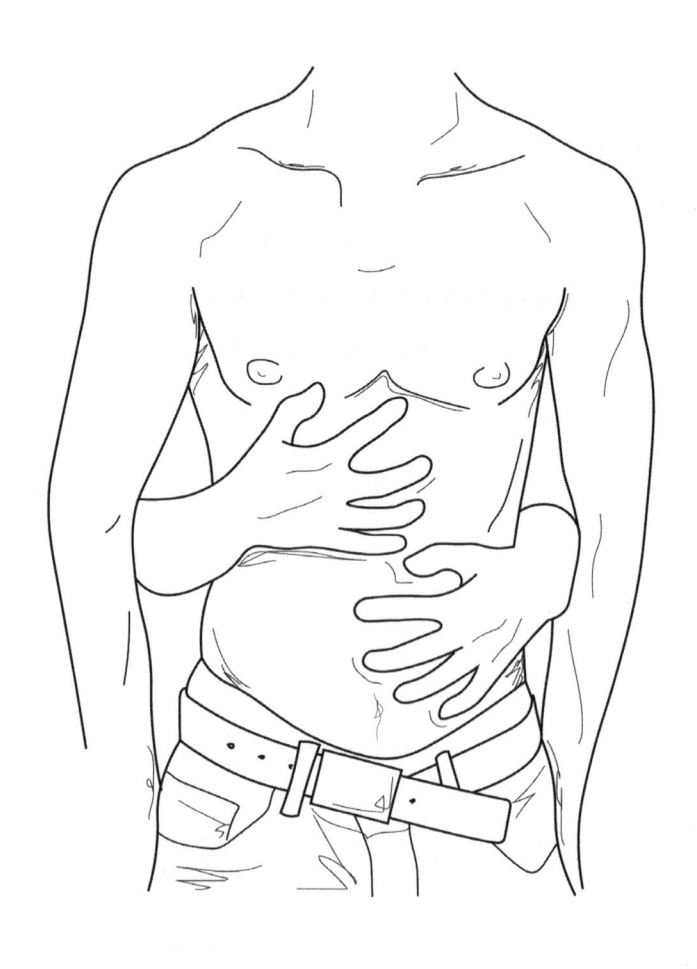

ELE ERA BONITO?

Wesley? Renato? Matheus? José? Carlos? Pedro? Vinicius?

Não sei. Não faço a menor ideia. Quando combinamos de jantar, ele passaria em casa para me buscar e iríamos a algum lugar. Só que antes de sair, pediu para usar o banheiro. Aí tomou água, parou para admirar um pôster de *Grace and Frankie* colado na parede do meu quarto, sentou na cama analisando meus livros, voltou a olhar pra mim com uma expressão de quem muda de ideia...

Se ele era bonito? Não. Bonito, bonito mesmo, não. Tinha cara de fugitivo. De quem trabalha em fábrica e acha um absurdo quem não sabe trocar a resistência de um chuveiro. Caso um dia decidisse pegar um carro, muito provavelmente o encontraria bebendo em algum bar com mesa de plástico e cerveja envolvida por um isopor sujo.

Resumidamente, rústico, cheiroso e, pelas minhas tentativas de conversa, um pouco desinformado. Quem decide se alienar por preguiça e fica repetindo incansavelmente a todo momento a frase "Deus sabe o que faz"?

"Deus sabe o que faz", disso eu tinha certeza. Mas, e ele, sabia?

Nem precisei abrir a boca pra perguntar...

Da porta do quarto fui puxado pela mão diretamente pra boca dele. Mudança de planos! A janta já está sendo preparada. Acabou-se a marra, iniciaram-se as amarras. Meus pulsos se tornaram reféns das mãos quentes. Na hora entendi o jogo! Sem cerimônias, sem vergonha, sem roupa? Ainda não... Vestidos, minha vontade de explodir só aumentava... Com toda aquela pegada, mais um pouquinho, se eu não me esforçasse em pensar em toda a desigualdade do mundo, engravidava. Ali, de calça mesmo.

Assim como "Deus", ele sabia exatamente o que estava fazendo. Aliás, se quisesse, poderia dar aula em alguma universidade, roubar o lugar da Cátia Damasceno, sei lá. Aquilo era coisa de profissional! Quanto será que cobraria por dedicação integral?

A porta do quarto bateu com força empurrada por um pé que não foi qualquer um dos meus; estava ocupado demais tentando respirar. Minha amiga que morava comigo estava na mira para receber a vingança por todos os meses que me fazia escutar seu showzinho à *la* Band Privê depois da meia-noite. Que fosse a minha vez de reinar! Depois de... sete minutos? Treze minutos? Vinte e dois minutos? Trinta e seis minutos?

Não sei. Não faço a menor ideia.

Lembro da cama estar no meio do quarto, meus livros caídos contra a parede e a janela próxima estar completamente embaçada.

— Eu não aguento mais!

Fiz uma súplica ofegante.

— Nós não terminamos ainda — ele respondeu firme.

Que ódio! Que inferno! Que HOMEM GOSTOSO É ESSE?

Se ele era bonito? Não. Bonito, bonito mesmo, não. Ele era gostoso, cafajeste, ordinário, bom de cama e com um potencial enorme para se tornar um P.A. Não me importaria de ficar sem conversar sobre séries, política, meus livros favoritos. Desde que ele continuasse sendo mágico, mostrando que o empenho não está na varinha, mas na experiência de quem a conduz.

Quatro horas depois, eu já estava morto. Todas as gordurinhas acumuladas, os lanches, as pizzas e os pastéis folhados que vinha comendo há tanto tempo em dias seguidos foram utilizados pelo meu corpo numa tentativa de sobrevivência. Enquanto estava em uma posição muito conhecida, nada vegana, o suor do seu rosto caiu em cima de mim... Antes que pudesse entrar em choque, ele decidiu esfregar a cabeça inteira molhada na minha, que não estava tão seca assim. Pensei que teria um surto, mas nada aconteceu. Ele era cheiroso e o suor parecia água com creme...

Antes mesmo de voltar a pensar em qualquer outra coisa, ele, estando sobre o meu corpo, simplesmente do nada, COSPIU na minha boca. COSPIU. Eu levei um susto! Dei um grito! É naquele momento que deveria ligar pra minha mãe? Isso nunca tinha acontecido. Nem recebi um aviso, uma mensagem, um... "Posso?". Mas quem, depois de quatro horas, pediria por favor? Muita gente, menos ele.

Mesmo na hora meus "Divertidamente" tendo entrado em pânico, mesmo eu deixando de ficar com alguém pela falta de limpeza do banheiro, não indo a um encontro por enxergar em várias fotos a unha um pouco suja, aquilo foi terrivelmente pavoroso e gostoso ao mesmo tempo. Não sei se estou preparado para fazer de novo. Mas são coisas que o tesão faz.

Depois de longas horas onde nos encontrávamos mais amassados que a própria cama, deitados no que mais parecia uma ilha, em volta de móveis que não parecem ter harmonia com ela, junto à sensação de "depois dessa, fico fácil um ano sem sexo", tentei me lembrar seu nome...

Wesley? Renato? Matheus? José? Carlos? Pedro? Vinicius?

Não sei. Não faço a menor ideia.

Após nos despedirmos, sem muito tempo para romances, minha amiga meteu a cabeça pra fora do quarto no mesmo instante em que ele ligava o carro.

— E aí, ele era bonito?

— Assim. Bonito, bonito mesmo, não.

O sexo que era maravilhoso.

E a gente achando que o amor está na procura, sendo que, muitas vezes, ele está exatamente no momento em que paramos para descansar um pouco.

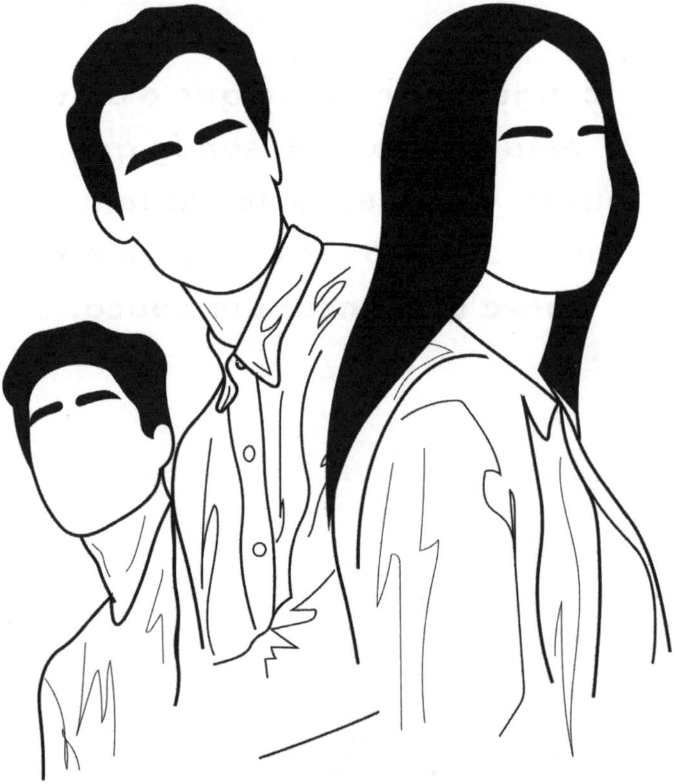

OS ESTAGIÁRIOS

Eles estão me esperando. Eles. No plural mesmo: eles estão me esperando. Que sorte a minha, né? Anos e anos não conseguindo estabelecer a reciprocidade de uma única pessoa, agora, veja só, tenho duas à espera. E, antes que você se preocupe porque chamei mais de uma pessoa para o mesmo lugar, pode ficar tranquilo, é isso mesmo. A intenção é justamente essa.

Antes de entrar no bar combinado, tento endireitar os ombros e parecer, mesmo que inicialmente, alguém com uma coluna ereta. Consigo me garantir no papo, no sorriso fofo, mas a primeira impressão precisa ser perfeita.

— Pessoal! Tudo bem? Boa noite!

— Gui, que bom que tu veio! Estávamos ansiosos. Achei que você tivesse desistido — disse a Namorada, balançando a cabeça para tirar os cabelos dos olhos.

Sim, namorada.

— E aí, Gui! Finalmente juntos! — O Namorado era simpático, e sempre cumprimentava com um aperto firme.

Eu os conheci por meio do Namorado, o engenheiro, que trabalhou comigo em uma das agências pelas quais passei. Como nossos setores eram afastados, não chegou a dar tempo de construirmos uma amizade ou algo do tipo. Apenas nos tínhamos como amigos no Facebook. Um tempo depois, saí da empresa, ele também. Mais ou menos uns dois anos após tudo isso, comecei a notar as minhas fotos sendo curtidas muitas vezes por ele, até o comentário sobre uma delas chegar *inbox*: "Eu e a minha namorada te achamos um gatinho". Como o pouco que o vi enxergava a aliança no dedo, tinha aquela resposta mentalmente que faço sempre quando vejo alguém: "Pegaria. Pegaria. Não, não pegaria. NUNCA..." e aí a conversa se desenrolou até o primeiro encontro.

Mesmo à vontade, tinha a sensação de entrevista. Ninguém tinha experiência na área. Também não sabia se começava a perguntar sobre as minhas dúvidas, se esperava por eles. Quando ele se ajeita na cadeira e é iluminado por uma lâmpada do bar, nossa, ali percebi como ele era gato. Alto, barbudo — barba impecavelmente limpa —, um perfume que batia no meu rosto de vez em quando trazido pelo vento e mãos grandes. Ela era meiga, mas misteriosa. Nada desconfiada, segura de si e quem conduzia a situação. Apesar de ter falado com ele o tempo todo, o cérebro do comando não estava ali. Fiquei atraído por ela, não tanto como fiquei por ele. Acredito que tenham sido as piadas. Ela era uma mulher inteligente, mas fazia piadas que só ele achava graça, e eu me esforçava para rir. Uma sobre animais, outra sobre pássaros. *Tá tudo bem, moça?* Era só o que eu pensava.

O frio era intenso. A ideia de um bar aberto, naquela época do ano, nem com quentão estava segurando a friaca. Depois dos três baterem os dentes, convido-os para irmos lá em casa. Eu já sabia que não rolaria nada naquele dia, porque era o período menstrual da Namorada. Com essa segurança, sentindo-me até mais confortável e não sob pressão, lá fomos nós.

Diferente de *Os normais,* eu que estava mais para o Rui e também para a Vani. Do vinho, das entradinhas e da música, o Namorado tirou um tabuleiro enorme de dentro do porta-malas e colocou em cima da mesa da cozinha: o rolê nerd estava prestes a começar.

Após longos minutos imerso em uma aula de como entender e jogar os dados, o jogo começa...

— Pessoal, vocês sabem que eu só fico com caras, né? — Joguei na tentativa de construir um clima.

— Sim. Você nunca transou com uma menina?

— Não.

— Então eu seria a primeira?

A bichinha era safada. Concordei. Ela continuou:

— E sabe, eu tô com muita vontade de uma coisa...

— O quê?

Meu coração deu um pulo. O que aquela garota ia pedir?

— ASSISTIR A VOCÊS DOIS SE BEIJANDO!

Apaguei por alguns segundos e voltei.

— Sério? Que coincidência. Eu também!

Eu queria gritar. Bater palmas. Dançar em cima daquele tabuleiro que não estava entendendo nada.

— Eu nunca fiquei com um cara — ele comentou. — Mas tenho curiosidade em saber como funciona.

Comecei a passar mal. Comecei a ficar tão animado, que tive que baixar as mãos, porque comecei a tremer. Dava pra sentir a tensão do lugar, do inesperado, da energia que estava prestes a acontecer.

A garota não perdia tempo, e no mesmo instante levantou e foi em direção à porta do meu quarto.

— Aqui a magia acontece, Gui? Que lindo! Amor, vem ver.

Depois dele, eu fui. Mal conseguia andar direito. *Hoje não vai rolar nada,* repetia internamente. *Hoje não vai rolar nada.* Quando fui entrar, o Namorado que estava de costas para mim, virou-se. Por ser mais alto que eu, apaguei. As mãos grandes da mesa do bar agora estavam, as duas, suavemente no meu rosto. O perfume que batia no meu rosto de vez em quando, trazido pelo vento, agora estava impregnado em mim. A química era incrível! Os lábios eram suaves e macios e, por mim, a Namorada poderia ir embora. A NAMORADA! Saí do beijo rápido, olhando para ela, quase que pedindo desculpas com os olhos...

— Eu gosto de assistir, Gui. Dá tesão! Pode continuar!

Óquei. Ela é o cérebro, ela manda. Então, se ela gosta de assistir, *I'm a fuckink libra, bitch!* Deixe-me te mostrar como é que se faz. Naquele momento, em meio a um beijo que faltava ar, o ménage para mim poderia se tornar algo... exibicionista? Mas não era assim. Não era sobre aproveitar um rolê que não é apenas meu. Sou a estrelinha daqui? Talvez. Mas o namoro é deles. A pira é deles... Namorada, venha você também!

Aí nós três começamos a nos beijar... Calmamente, de forma suave. O Silva ficaria orgulhoso.

— A barba é algo esquisito, mas é bom ao mesmo tempo — ele comentou, divertido, quando nos separamos de leve.

Os beijos voltaram, os carinhos, os amassos e, assim como no clipe do Silva, nós tínhamos harmonia. Estávamos experimentando um novo formato de se relacionar, um novo modelo, para nós, de interação entre pessoas que querem se sentir além do convencional. Não era apenas sobre desejo e atração, mas sensações, poder, sensualidade, afeto, amor.

Pensei que nunca mais nos veríamos até nos encontrarmos meses depois.

Desta vez, sem jogos nem bebidas. Apenas um cafezinho como preliminar para dar uma aquecida.

Apesar de descobrir que as mulheres tendem a ser mais barulhentas na cama, e levar uma multa do condomínio por isso, foi muito gostoso.

Porque levei o respeito do meu corpo à fantasia e à realização do desejo. Porque não o enclausurei dentro de um pote de conserva.

Experimentar, para sentir. Experimentar, para ter certeza.

Decidimos que ali seria nossa última vez.

Nosso período de estágio tinha finalmente terminado.

Será que ele escuta o que eu digo
ou ouve o que não enxergo?

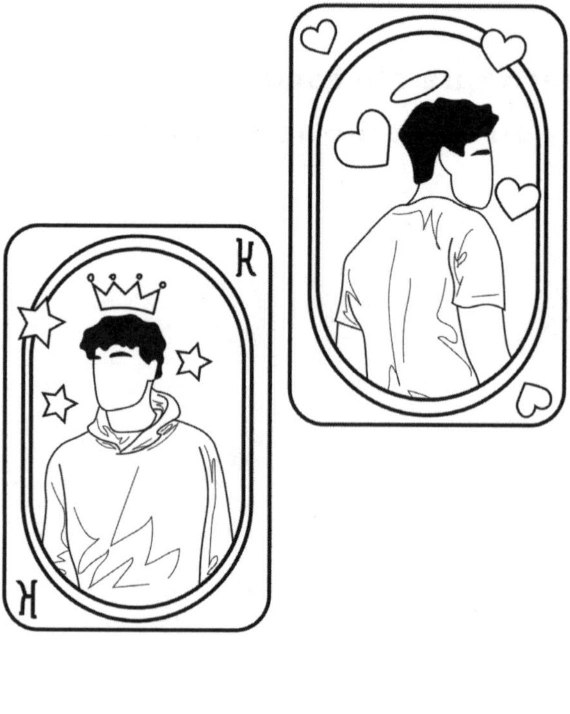
K
K

NEM SEMPRE O AMOR
É SUFICIENTE

Ele é a pessoa mais limpa que conheço até hoje! Da limpeza feita a cada três meses no dentista a colocar um microscópio nas unhas das mãos e ousar encontrar alguma sujeira. É claro que é de se pensar que a maioria das pessoas é assim, mas digo a você: é raro! Reconheço cheiros de longe, hábitos em cinco minutos de conversa. Parece estranho, porém é uma técnica que utilizo para adiantar sobre onde pretendo colocar a minha boca e quem possivelmente dividiria um lençol limpo com cheiro de amaciante. Já viu o preço do Downy? Tem gente que gosta de abdomens, dinheiro... eu não peço nada mais que um Pinho Sol no banheiro.

Quando nos conhecemos em um aniversário de um amigo, enquanto bebia meu refrigerante e escutava ele falar, de longe dava para ver que era a pessoa mais inteligente do lugar. Aliás, duas coisas me deixam profundamente excitado: limpeza e inteligência. Não pela sonoridade, mas por trazerem a promessa de algo mais sólido e longo, como um casamento. Quem não quer um homem que fale sobre neurologia e política sem parecer arrogante e passe fio dental quando chegar em casa antes de vocês dormirem? Quem precisa de um homem que vai chamar a atenção por ser *instagramável*, se você pode gozar mais uma de uma vez em uma noite e ter o imposto de renda feito em dois dias? Esse era ele.

Fantástico! Com muitos plantões para não perder tempo com joguinhos... Vidas estavam em jogo, sabe? Bastou alguns olhares e meu telefone no celular dele para começarmos a sair e falar sobre qualquer coisa; pastel folhado a formigas vermelhas. Eu adorava a comida, o jantar, as conversas, porque mesmo ele sendo absurdamente inteligente, eu também era o cara que, apesar de não me considerar o homem mais cabeça da galera, sou esperto o suficiente para estudar o que preciso e guardar alguns aprendizados de pessoas mais organizadas intelectualmente que eu.

Nosso romance era massa. Sem exageros, sem planos, sem fotos nas redes sociais, sem nada que ultrapasse os desejos do dia. Tínhamos uma relação despretensiosa. As coisas seguiram assim até quando as mensagens começaram a ficar cada vez mais constantes. Havia uma parte nele que batia na minha porta e dizia: "Oi, eu quero entrar" e outra que seguia agindo como se nada estivesse acontecendo. Poderíamos ter lidado com isso, mas precisei que lidássemos com outra coisa antes: nossa despedida.

Eu o adorava, mas não o suficiente para aguentar mais alguns anos naquela cidade cinza, cultural e perigosa. Foi bonitinho vê-lo mandando PowerPoints sobre os motivos que seriam importantes analisar antes de ir, porém eu já estava lá, só não havia feito as malas. Apesar de querer a mudança antes mesmo de conhecê-lo, também me perguntei, por muito tempo, se não foi mais um motivo para chamar o caminhão da mudança.

Dois anos depois, prestes a zerarmos o calendário, ele me manda uma mensagem dizendo que estava sozinho tirando umas férias da morte diária do hospital na minha cidade turística. Continuava o mesmo. Fazendo xixi com a tampa abaixada e sem nenhuma mancha amarela em qualquer camiseta branca embaixo do braço. Um verdadeiro príncipe com sotaque nordestino e boas intenções. Entre fogos que estouravam na nossa cabeça comemorando o início de mais um ano, abraçados e aos beijos carinhosos, servindo de espetáculo a uma família conservadora, nossos sonhos pessoais infelizmente eram maiores que nós e brutalmente mais velhos que o nosso amor.

Ninguém precisou dizer uma palavra para confirmar a reciprocidade, só que nem sempre amar é o suficiente.

Tem como dar errado se nem ao menos sabemos o que de fato é o certo?

O SABONETE DE MARACUJÁ

No dia mais importante da minha vida, faltando dez minutos para sair do hotel, recebo uma mensagem de quem deveria estar ao lado se penteando: "oi". Duas letras. Sem ponto, emojis ou figurinhas. Apenas um "oi" para não dizer que não deu um. Como quem liga e encerra a ligação antes da primeira chamada se completar, sabe? Ele foi — e ainda era — um dos caras por quem fui mais apaixonado. Agora, se tem algo que aprendi nos intervalos, é a possibilidade de conseguirmos explicar qualquer coisa, menos o amor que sentimos por alguém que talvez nem saiba o que é paixão.

Fui para o meu grande dia focando que seria um momento incrível, e não esquecendo que mais tarde teria um compromisso no hotel com uma pessoa que tinha marcado havia semanas. O nosso horário de encontro era às cinco da tarde, mas foi somente às oito horas que consegui encontrá-lo. Assim como qualquer pessoa, eu teria desistido e remarcado para outro dia. Ele era uma pessoa ocupada, também não fazia muito sentido passar três horas esperando em um shopping.

Quando saí desesperado para encontrá-lo, entre abraços e "entra você primeiro" no táxi, senti uma atmosfera diferente. Como nossas conversas nunca passaram de reações, duas frases e agentes falando por nós, talvez fosse apenas a atração se anunciando por ali.

Quando chegamos ao hotel que, sem exageros, era três do meu apartamento em Florianópolis, entendi o porquê da atmosfera: ELE ERA LINDO! Não gostoso, não forte, não gordo, não estiloso. ELE ERA LINDO! Com uma camiseta básica preta, uma calça jeans provavelmente da adolescência comprada em alguma Walmart em um intercâmbio e um tênis velho, mas limpo. Limpo. Se eu pudesse dar um troféu, daria o de limpeza para ele. Tinha um cheiro que eu também tinha. Mas não era o perfume, era algo residual, que ainda não conseguia saber.

Peguei um café, separei umas folhas pelo tapete e começamos a cocriar. Nossas empresas tinham interesse em juntar nossas expertises para um projeto que seria lançado no próximo semestre. Mesmo empurrados pelos CNPJs, nada era mecânico ali. Sentia-me à vontade. Dava boas risadas com umas intercaladas de memes que ele fazia, estava em casa. Apesar de conhecê-lo pelas redes, não tinha certeza se ele era gay ou bi. Até onde eu sabia era hétero e estava namorando uma menina, pelo que pude perceber nas milhões de fotos ao lado dela no feed.

— E você, Gui. Namora?

— Eu? — Adorava me fazer de desentendido, sempre tentando ganhar tempo, com medo de ter pensado muito alto.

— Alguém que fala de amor deve ter um, né? — disse ele trazendo o olhar de baixo para cima lentamente.
— Falar de amor, muitas vezes, é o que mais me afasta.
— Como assim?
— Querem amar o que veem, não o que enxergam — brinquei.
— Sina de artista, né?
Senti que podia atirar uma isca.
— E você, há quanto tempo vocês namoram?
— Quem?
A cara dele era impagável, um susto que nunca vi antes.
— A menina, a que aparece com você no Insta!
— Do cabelo ruivo?
Comecei a sentir que podia me dar bem.
— Isso!
— Não! — ele riu. — Somos amigos! Ela é minha melhor amiga desde o pré.
— Meu Deus! Então, não namora?
— Não por enquanto — disse ele.
Como assim por enquanto? Tem alguém na jogada? Por enquanto, porque vamos começar a ficar hoje e daqui a pouco vamos namorar? Emocionado!
— Você é hétero? — perguntei, assim mesmo, na lata, no seco, sem cuspe.
— Não. E você?
Ele sabia que eu não era. Na minha testa dizia bem grande "viado".
— Por que você não descobre?
Falei calmo, eu juro, olhando suavemente, MAS por dentro QUERENDO SAIR PELO QUARTO GRITANDO: "EU FIZ ISSO? MEU DEUS, EU FIZ ISSO?????".
Ele se levantou de onde estava, espalhou os papéis para o lado que estavam na nossa frente e, assistindo a tudo, calmamente colocou a mão entre os meus cabelos e

encostou, me beijando lentamente. Onde se ganha o pão não se come a carne? Pois ali, meu filho, que começassem a servir o churrasco, PORQUE EU ESTAVA PRONTA!

Acabou o trabalho, fim do expediente! Do tapete, fomos para o sofá e o viramos de ponta-cabeça. Fizemos até a cena épica do Homem-Aranha beijando a Mary Jane e tudo que eu queria era que ele não batesse o ponto para ir embora tão cedo.

Estava finalmente sendo visto de verdade. Não tinha nenhum interesse por trás.

Ele também era artista; com as mesmas dores, a mesma sina, a mesma gratidão de ter conquistado o que conquistou e com a culpa ao se sentir desconfortável com o ônus.

— EU NÃO ACREDITO! Você também usa este sabonete!

— Que sabonete? — perguntei, colocando a cabeça para dentro do banheiro.

— O de maracujá!!!

— Meu Deus, então é por isso! Eu sabia que reconhecia o teu perfume, mas não conseguia associar de onde. A fragrância muda no teu corpo.

— É o meu favorito! Só uso ele.

Enquanto um estranho cantava Sam Smith no meu chuveiro alugado por dois dias, em algumas horas tive tudo o que não me deram em meses de relacionamento. O quanto o máximo do outro não foi nem o mínimo...

— Acho que deveríamos avisar no trabalho que vamos precisar de mais uns dias para finalizar — disse ele, saindo todo molhado.

— Quanto tempo peço pra eles? — perguntei.

— Tem prazo indeterminado?

— Se tiver sabonete de maracujá, consigo negociar um prazo ainda melhor.

Tempo e momento, dois irmãos brigando para descobrir quem é o filho mais amado da tentativa.

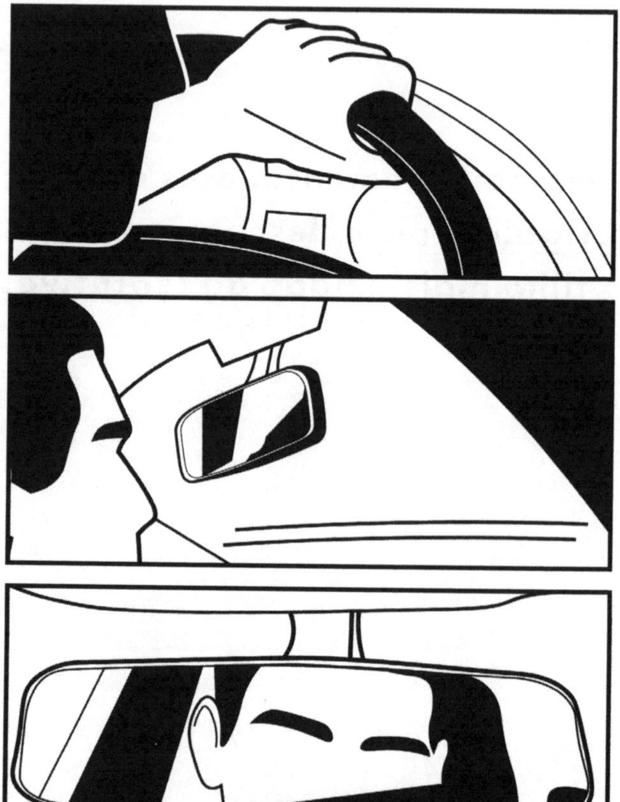

ÀS VEZES, O AMOR PODE ESTAR NO CAMINHO DO ENCONTRO

Perfumado, manga da camiseta dobrada, Halls de uva verde, abri a porta do carro: estou montado para um primeiro encontro.

— Boa noite, Gui! Seja muito bem-vindo!
— Boa noite, moço! Obrigado.
— A temperatura do ar está óquei? O volume do som...

Careca, o motorista do aplicativo, um simpático. A animação em seu atendimento era a mesma que eu gostaria de ter para o encontro que estava indo. Sabe aqueles dias horrorosos que não se tem nada para fazer? Ou eu passava mais uma noite mexendo no celular colecionando memes ou iria conhecer o guri que estava há horas me chamando para comer alguma coisa com ele. Como o bar ficava a algumas quadras de casa e adoro um *plot twist*, pensei: *Por que não arriscar?*

— Você é daqui mesmo, Gui? — perguntou o motorista olhando pelo retrovisor.

— Sou gaúcho! Tem um tempo já que moro na ilha, mas natural mesmo, não. E você?

— Sou do Rio. Terminei um casamento no ano passado e vim pra cá tentar a sorte.

Apesar de simpático, parecia triste. Criei rapidamente uma imagem de alguém que saiu de casa com as roupas que conseguiu colocar na mochila, pediu dinheiro emprestado para dois amigos mais próximos e está devendo até hoje. Arrisco que vai pagar, porque a cara é de bonzinho, de "espera só até eu me reerguer". Mesmo a tristeza se sobressaindo, tinha algo interessante ali. Não estamos falando de alguém que chama a atenção inicialmente pela beleza; muito melhor, alguém que impressiona pelo jeito, pela forma como fala.

— Indo encontrar os amigos? — perguntou ele, parecendo um pai tentando se enturmar.

— Uma amiga! Terminou a faculdade, e vamos comemorar — menti.

— Que legal! Parabéns a ela! Se não tivesse tão corrido, também tomaria uma cerveja por aí. Mas e você, o que gosta de fazer aqui?

Faço terapia há anos, uma vez por semana. Quando você tem um espaço para falar de si, naturalmente essa necessidade tende a diminuir fora desses espaços, de sentir vontade de abrir a boca e sair contando tudo, mas não foi o que aconteceu. Sei que comecei falando sobre como estava sendo morar com um amigo hétero até meu sonho de morar em Minas e ter um porco de estimação.

— E o namorado? — ele perguntou, seco.

— A metade da minha laranja deve estar sendo chupada por outro — respondi, dando risada.

— Então o negócio é fazer uma salada das laranjas que restaram, não achas?

Ele era carioca. Não precisava nem abrir a boca para perceber o DDD 21. A combinação da resposta com o olhar fixo no retrovisor — ameaçando bater em algum carro que estivesse à frente — me fez sentir aquele clima de tensão que as pernas demoram um pouco a responder.

— Catorze reais e setenta e nove centavos. Catorze e cinquenta, vai — brincou ele.

Entreguei quinze e um papel.

— Aqui é o meu número, caso um dia você precise de uma companhia para a cerveja.

— Pera, tem troco!

— Fica pra cerveja! — gritei.

Desci, bati a porta e fui encontrar a "minha amiga". Deveria ter ficado em casa. Roteiro previsível, interpretação vergonhosa e nada de *plot twist*. Aliás, o único ponto alto da narrativa foi o bafo forte do rapaz, e nem o Halls de uva verde deu conta do recado. Minha última virada nessa trama toda seria voltar para casa de carro sem precisar pagar a corrida.

Mas nada aconteceu.

> > >

Meses se passaram, e continuava a andar por Florianópolis pagando tarifa dinâmica. Um belo dia, voltando do supermercado, meu celular vibra com uma notificação:

> Oi, Gui! Tudo bem? Lembra de mim? Fui seu motorista de aplicativo uma vez, o Carioca, que te levou até uma amiga sua em um bar. Na época, eu estava namorando. Por isso que não te liguei. Sei que já se passaram meses, mas se fizer sentido para você, tenho 50 centavos sobrando para a cerveja

O menino do mau hálito que estava aguardando nos encontrarmos de novo que me perdoasse, mas alguém chegou primeiro.

**Pecado é passar uma
reencarnação inteira tentando
não ser gente como a gente.**

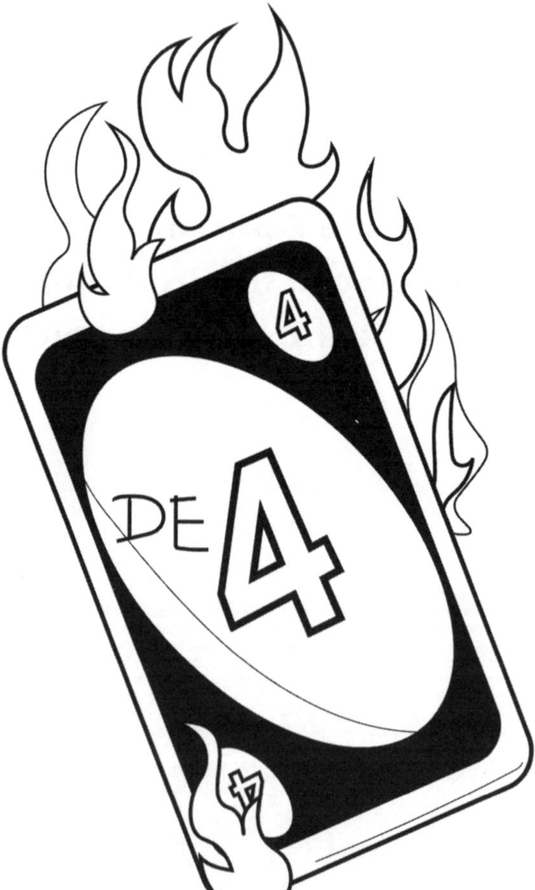
DE 4

QUASE UM PSICÓLOGO, MAS NÃO É

Depois de ter terminado um relacionamento pela falta de diálogo, queria experimentar. Sei lá, ver como é. Sou bonito, jovem, com os dentes na boca, tenho opção. Mas ali não era sobre não ter, mas saber se era aquilo mesmo. Entrei no site, levei um susto: como um grande catálogo, o rosto aparecia apenas em vinte por cento da maioria das fotos. Pensei em pegar algo escrachado, mais à moda da casa: alto, grande e com a cor de quem fica ao meio-dia pegando sol na praia do Flamengo.

Eu precisava disso? Não, mas queria. Escolhi um que parecia um lutador de MMA e mandei mensagem:

> Bom dia, como funciona? Tenho interesse.

Parecia aquelas tias interessadas em algo na OLX.

> R$ 250 a hora. Aceito cartão.
> Sem frescura. Beijo também.

Como assim, "Beijo também"? *Beijar tá incluso no pacote? Se eu pedir sem beijo, será que ele faz mais barato?* Pensei. Não quis arriscar.

> É minha primeira vez, tá?

Enviei como se negociasse a entrega de algum produto ilícito.

> Sou especialista em iniciantes.

Não entendi de novo. É tão diferente assim que precisa de um especialista para guiar na hora? Ou ele acha que sou virgem e estou procurando alguém, como nos anos 1990, quando os pais, preocupados com a virilidade dos filhos, faziam? Decidi ir. Mandei minha localização para uma amiga e disse: "Se eu não responder mais, mandem procurar o meu corpo. Não quero desencarnar e ficar perdido por aí".

Quando desci do táxi, aqueles amarelinhos, muito novela do Globo, a entrada do prédio parecia estar escondida. Os números não batiam. Ia e voltava e nada. Fiquei com vergonha de pedir informação. Vai que alguém soubesse o que aquele endereço significava e eu ainda não estava pronto. Dez minutos mais tarde, do outro lado da rua, enxergo os números pela metade. Quando chego mais perto, para confirmar, percebo que a porta era absurdamente pequena. Pequena, não. Absurdamente pequeníssima. Duas pessoas não seriam capazes de atravessar juntas.

— Aqui é o 310?
— É. — O porteiro falou com ódio, revirando os olhos.
— Vou no apartamento 30.

O carinha só virou a cara e fez sinal com a mão para eu passar, como quem diz "só vai, cara. Só vai".

O lugar era mais movimentado que a própria avenida principal. Não sou muito bom de conta, mas deveria ter uns duzentos por andar. Um calor absurdo, uma gritaria ensurdecedora. À procura do apartamento, passava tudo por mim. Bicicleta, caixa, uma mesinha de computador e uma televisão que parecia estar rachada. Quando finalmente encontrei, bati na porta e quase imediatamente alguém gritou lá de dentro:

— JÁ VAAAAAAAAAAAAAAI!

Eu queria morrer. Rapidinho fui sentindo o arrependimento subindo pelo corpo.

Um pouco assustado com tanta coisa acontecendo ao mesmo tempo, lentamente dei as costas, na esperança de que a pessoa precisasse de outra batida para vir atender...

— Brother? Entra aqui! Desculpa. Achei que fossem as crianças de novo.

O cara tinha quase dois metros de altura e vestia uma regata de tira fininha.

Sem pronunciar qualquer palavra, fui entrando no apartamento. A diferença de atmosfera era gritante. Como se da rua para dentro eu tivesse entrado em um caldeirão, de um forno, na cozinha de uma padaria. Para piorar, o lugar era escuro, já que não tinha janela nos cômodos. A única área iluminada por luz natural era a última, de onde dava pra se ouvir o barulho dos carros entrando por ela. *É hoje que eu morro aqui*, eu pensava.

— Um minuto, brother. Já volto! — E sumiu atrás de uma porta de plástico sanfonada.

Alguns minutos depois ele surgiu do banheiro com uma polo, relógio no pulso e o cabelo cheio de gel. Estava prestes a ir a algum tipo de entrevista ou visitar o avô, pois estava impregnado de Musk. Eu mesmo queria me matar.

— Sua primeira vez então, é? — disse ele meio assobiando por conta do sotaque.

— Isso...

— Vamos sentar na cama — apontou para ela, no último cômodo. — Pode tirar seu tênis, sua roupa. Fica à vontade! — Tentei buscar uma rota de fuga, mas só conseguia sentir calor e o cheiro de velho.

— Olha, eu não vou conseguir fazer nada, tá? Vou precisar ir.

— Agora você já fez eu perder meu tempo, brother! Vou precisar do valor da hora — respondeu em um tom firme, em pé, parecendo um boi de tão forte e tão alto, além de estar com um punho cerrado.

— Você tem UNO? — brinquei para aliviar o clima.

Pisando com força, ele veio em minha direção. O lutador de MMA não precisaria nem de esforço para me dar um nocaute. Só esperava que fosse rápido, indolor... Enquanto preparei meu corpo para sofrer o impacto de quem come frango e batata-doce todo dia, a mão direita dele atravessa meus olhos e os fecho, percebendo um vento cortar o meu rosto:

— Só não tenho todos os coringas — disse ele puxando uma caixa de cartas que estava atrás de mim.

Após algumas partidas, confissões de ambas partes e boas risadas, comecei a me sentir mais à vontade, fui me espichando na cama e finalmente gozei.

Mas de uma forma diferente.

Em uma hora, por duzentos e cinquenta reais, descobri o prazer que estava me faltando: o de uma boa conversa.

Ensina aquele
que pensa que não aprendeu.

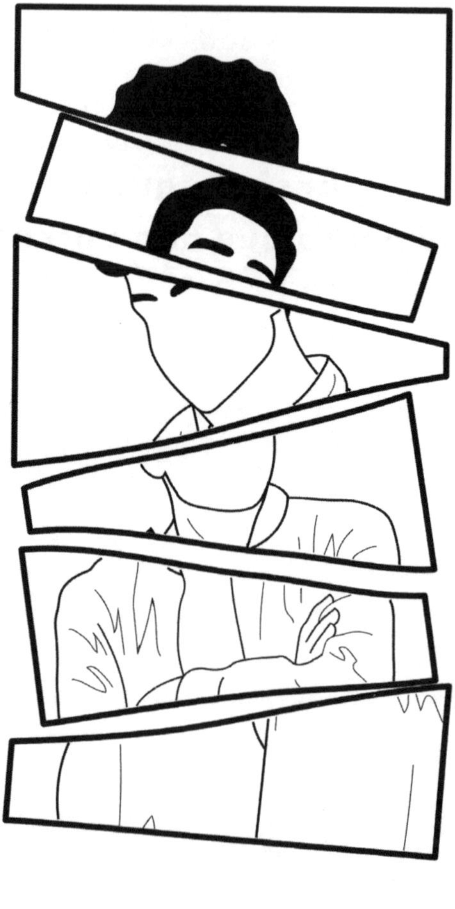

SERÁ QUE VÁRIOS RECORTES MONTAM UM QUADRO?

Três meses. Se eu não me engano, foi esse mais ou menos o tempo até nos encontrarmos. Relacionar-se com alguém pela internet é sempre algo insano: o que é de melhor acaba sendo potencializado e, caso não tenha se notado nada até então, que as qualidades sejam suficientes para superar os defeitos que surgirão logo em seguida com a convivência. A princípio, falando de conversa, corpos e alguns planos, o Arroz com Pequi representava o ideal perfeito na minha cabeça, que digo para todo mundo não construir. Ainda me pergunto se era a paixão por cervejas, por viagens ou pela comida maravilhosa e magicamente temperada que comemos naquele fim de semana. Pedir um prato e alguém cozinhar para você com toda a boa intenção que possa existir é uma das melhores preliminares que se pode ter; o gozo é contínuo e transcende em memória afetiva. Nada se compara a dar a primeira colherada enquanto o outro que cozinhou observa atentamente as suas reações para confirmar se as que virão a seguir vão ser realmente legítimas.

Agora, antes disso, preciso voltar aos preparativos. Conversamos muito! Horas por telefone, FaceTime, WhatsApp... Comecei até uma depilação a laser, contando que dessa vez daria certo, focadíssimo em deixar a casa em ordem para receber visita. Separados por muitos quilômetros e poucas horas de avião, o assunto não assustava tanto, devido ao fato de os dois terem experiência (e traumas, riscos) comprovados em relações parecidas e por fazerem o que os adultos que sentem que já cresceram fazem: primeiro a gente vai, depois pensamos como fazemos para voltar.

Quando faltava um dia para ele chegar, nada na minha casa estava fora do lugar. Como já deu para notar, dispenso elogios sobre as conquistas do trabalho, o clareamento que fiz recentemente ou o voluntariado que amo, gosto que me notem pela casa cheirosa e a bucha bem passada. Não foi diferente. Recebi-o no aeroporto com um cheiro no pescoço, com direito a repeteco e sorriso largo. Tudo ainda continuava em ordem, mesmo após meia hora dentro do carro colados com a perna um no outro fingindo que os três meses via Wi-Fi estavam suprindo qualquer estranhamento que uma relação presencial poderia causar.

Claro que as malas nem chegaram a cair no chão para os vizinhos do andar de baixo começarem a perceber que às duas horas da tarde de uma quinta-feira começaríamos uma festa ao som de muitos gemidos. Isso tudo poderia ter acontecido, não fosse por uma reunião extremamente importante que eu tinha exatamente naquele horário para definir o próximo ano da minha vida. Enquanto tentava me focar no que estava por vir, também me esforçava para entender que meu celular não precisaria ficar suspenso em nenhum lugar; as pernas do rapaz fariam o trabalho dele por mim.

Entre barulhos de panelas, print da tela para guardar o momento da negociação, a casa, que até então estava em ordem, começou a me provocar um sono absurdo, como se eu não tivesse dormido à noite. Veja só, ninguém dorme com convidados em casa. É preciso fazer sala, ser gentil, devolver os beijos que ficaram no negativo, o "espera ao vivo pra tu vê" que foi prometido. Mas não teve jeito. Simplesmente falei que precisava descansar um pouco e só acordei do coma seis horas da tarde com uma cerveja na ponta do armário e um cheiro de cigarro que invadia o apartamento inteiro.

— Você fuma?

— Você dorme! — respondeu, sem tirar o olhar de mim, batendo o cigarro na janela para remover a cinza.

Óquei. Justo!, pensei.

As qualidades dos três meses suportariam essa.

— Vamos jantar? O almoço está pronto! — disse ele em tom irônico, mas sem perder a voz carinhosa.

Comemos, falamos sobre os assuntos que estávamos acostumados on-line e, apesar da nossa conexão ter sido tão profundamente forte nesses últimos meses e de termos apoiado um ao outro em momentos difíceis que passamos em nossos conflitos, eu sentia que algo não estava encaixando, uma sensação de saldo não positivo. Não sei se não me sentia à vontade na presença de alguém que estava acostumado apenas de forma remota, se precisava ressignificar a relação e passar a entender que toda vez que eu fosse ao banheiro não tinha como mutar a tela ou ligar apenas quando estivesse bem. Ali, entre panelas e pratos, até poderia escolher as melhores palavras, mudar o assunto, mas nada de mandar figurinhas ou fugir do julgamento que analisava expressões e buscava significado. Não tinha a opção de dizer que os mesmos remédios que a tia que tem depressão são vitaminas ou aspirina para a gripe. Não tinha como simplesmente baixar as calças e esperar a reação de alguém que eu estava vendo pessoalmente pela primeira vez. Ali, entre panos de prato e talheres, percebi que era assustador me apresentar sem recortes, sem os pedaços mais interessantes de mim; era sobre o filme todo. Não sobre os gêneros que escolho, mas o que o roteiro mostra a quem está assistindo. A casa estava uma bagunça! O feijão, que engrossou o caldo ao ser requentado, precisou de um pouco mais de água, quando, sem parar, compulsivamente chorei por longos e eternos minutos sem ser interrompido.

Chorava, soluçava e, entre mãos encharcadas e olhos marejados, o olhar do Arroz com Pequi ainda continuava sem me perder de vista, feito um psicanalista desgraçado e maravilhoso. Com a experiência de um chefe, sabia que nada ali poderia ser feito a não ser aguardar pelo cozimento, pelo tempo certo do prato sofrer qualquer tipo de intervenção... o processo interno já estava acontecendo.

Algumas horas mais tarde, os vizinhos interfonaram reclamando do silêncio, ninguém atendeu. Os rapazes estavam ocupados colando os recortes ao lado das partes que acabaram de conhecer.

— **EU TE AMO!**
Espero que você me ame
mais do que isso.

SOU INTENSO OU CARENTE?

Sou intenso, não carente. Ou sou carente e não intenso? Não sei. O que aconteceu foi que há muito tempo eu já vinha alimentando um desejo de fazer um piquenique num encontro. Toalha bonita, cesta com frutas, comidinhas à vontade, contato com a natureza... clichê, mas com uma grande possibilidade de ser um evento inovador e realizar meu pedido de namoro.

Nosso cara da vez é o Casaquinho. Nunca o vi sem aquele casaco marrom. Trocava a camisa, a calça, o cachecol... mas o Casaquinho, não importava o que acontecesse, estava sempre ali, quase em pé no corpo. Éramos extremamente parecidos, até nos laudos: ambos carregavam a dificuldade de sustentar o olhar por muito tempo. Minha mãe sempre achou que fosse timidez, mas já tive tanto diagnóstico, que hoje me contento em dizer: "É, volta e meia vou me perder olhando para o nada, posso voltar sozinho ou aguardo ser chamado". É assim que funciona com quem me relaciono há anos. Não teria problema algum agora ser minha vez de fazer isso. E não é que foi assim mesmo? Estava lá contando alguma coisa extremamente empolgado e a expressão no rosto do Casaquinho começava a sumir aos poucos, como se tivessem drenado sua energia, fixando lentamente os olhos em algum ponto... "Ei, Casaquinho!", "Opa, desculpa! Acho que me distraí de novo". Quando não era eu, era ele me chamando. Claro que não acontecia a cada cinco minutos, mas sempre acontecia. Tornou-se divertido. Nós tínhamos sofrido bastante por causa dessa dificuldade. Eu já fui ridicularizado por um cara porque, na cabeça dele, "eu não estava interessado". Mesmo explicando algo que sempre faço no começo: "Oi, eu tenho déficit de atenção. Então, se eu desligar, você se importa de estalar os dedos para eu voltar?". Se eu for parar para pensar, tenho quase um manual de funcionamento: um para o primeiro encontro, um para dormir comigo; se passar por essas fases, luta com o chefão: minha intensidade.

Tudo estava indo. Aliás, não estava indo na velocidade que eu gostaria. Pelas minhas referências românticas, para algo dar certo, tem que ser uma loucura, sair se agarrando feito bicho quando se chega em casa, empurrando um ou outro na parede próxima à porta e beijar até pedir socorro por falta de ar. Tem que ter minipromessas, vinho no tapete, alguma música que seja a trilha sonora do casal... Nada disso estava acontecendo. Casaquinho parecia estar mais ocupado em organizar seus livros por ordem alfabética e se esforçar para não surtar quando percebia que as cores não se harmonizavam nessa estratégia:

— Meu, não dá. Não tem como A e B serem LARANJA E VERMELHO. Não combinam!

E nós, Casaquinho, será que combinamos em nossas loucuras?, pensava alto, de barriga pra cima, no sofá.

Decidi pôr meu plano em prática: conquistar o coração de um homem começando pela barriga. Não tinha como dar errado. Apesar de não sermos tão próximos assim, pedi-lo em namoro garantiria a estabilidade de que eu precisava.

Combinei de nos encontrarmos no sábado seguinte, em uma árvore amiga nossa, onde sempre parávamos para tomar picolé. Amiga porque uma vez assistimos a um vídeo de uma senhora falando palavras bonitas a uma planta a fim de fazê-la crescer forte e bonita. Choramos com o vídeo. Por isso, sempre que íamos àquele lugar, repetíamos o conceito da senhorinha.

Tinha muito trabalho pela frente. Encontrar uma toalha ideal, ir ao mercado, preparar o que deveria ser feito em casa e encontrar a melhor forma de armazenamento e transporte: estava animado! Agora, o pior de tudo estava por vir: a longa viagem. Embora o local fosse na mesma cidade, a condução era péssima. A cesta que decidi comprar simplesmente era maior que a própria mochila com as comidas. Caso eu decidisse colocar todos os alimentos dentro da cesta, ainda correria o risco de quebrar e perder absolutamente tudo. Lembra de *A diarista,* com a ilustre Claudia Rodrigues? Então, eu era a Marinete, com três sacolas enormes, quase dilacerando meus braços nos quatro ônibus que tive que pegar. Estava realmente disposto a impressionar, sabe? Meu pedido de namoro tinha que ser perfeito...

Quando chego à lagoa, para a minha sorte, quando Casaquinho me viu descer do último busão cheio de sacolas, ali ele teve certeza: o mais louco da história era eu.

— Não acredito que você pensou no piquenique! — disse ele entusiasmado.

É claro que antes de eu conseguir sequestrar qualquer uva do cacho, ele fez as honras de organizar toda a toalha impecavelmente. Nós éramos um bom time. Nossas "desligadas" meio que não aconteciam mais ou começaram a se tornar tão naturais que o cérebro já nem gastava energia tentando reparar algo. Aliás, não tinha nada a ser reparado. Estávamos nos adaptando a algo que já existia muito antes de nós dois nos conhecermos. Não tinha mais que chegar explicando meus manuais, meu funcionamento... O piquenique era apenas o começo de tudo isso.

— Gui, eu adorei isso aqui hoje!
— Eu também! Podemos fazer mais vezes.

O tom era de como quem diz: "Por muito tempo, né?".

— Eu gostaria de parar — afirmou ele, fazendo uma expressão de "bad".

— Por quê? Foi alguma coisa que eu fiz?
— Pelo contrário. Foi algo que não aconteceu. Sei lá, só não é você — respondeu ele em um tom ridiculamente acolhedor, parecendo um psicólogo.

— Tem algo que eu possa fazer?

Eu perguntei, mesmo sabendo que não.

— Aproveitar comigo este dia como se fosse o primeiro e o último.

— Tudo bem — concordei, tentando não parecer abatido.

A cesta inteira foi parar nas nossas barrigas. Apesar de não ter conquistado o homem pela boca e aquele diálogo ter sido um murro no meu rosto, o dia não morreu ali. Ele era metódico demais para mentir, estava concentrado quando disse, não tinha dúvidas. De nada adiantaria protestar.

Depois de decidir não voltar para casa com aquela cesta enorme, nos beijamos pelo resto do dia como se não existisse nenhuma maldade ou preconceito no mundo. Andamos de mãos dadas, como se falássemos para os nossos inconscientes que era isso que gostaríamos um dia. Fofocamos nossos segredos como alguém que não tem nada a perder. Deu até pra ver o pôr do sol nas dunas agarradinhos.

— Você acha que sou intenso ou carente? — perguntei, enquanto ainda estávamos sentados.

— Acho que você sempre foi você mesmo.

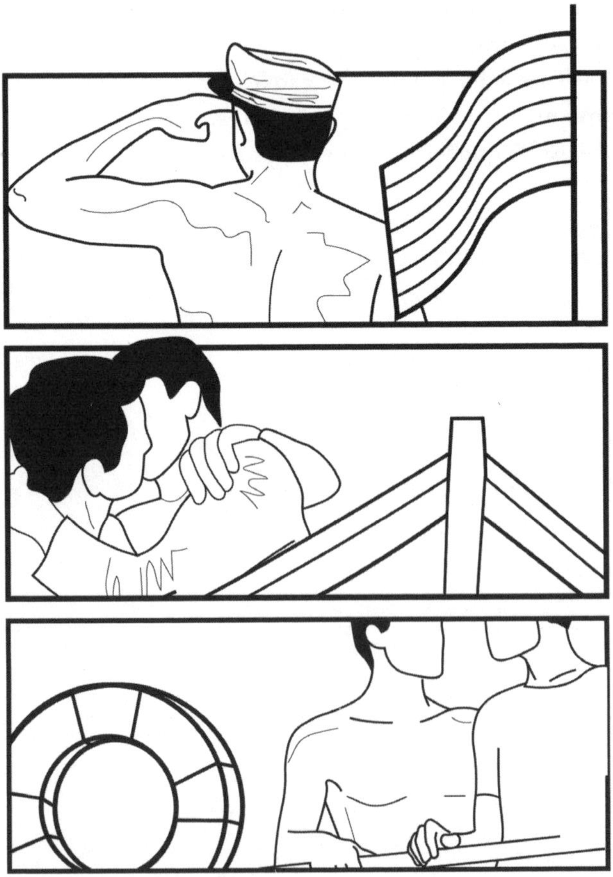

RECLAMA COM O GERENTE

Trabalhar em casa é um privilégio e também um saco. Adoro não ver gente, deixar de cantar parabéns a um colega com quem não tenho intimidade e, a melhor parte: amo usar o próprio banheiro sem correr o risco de entrar para escovar os dentes e me deparar com uma sauna de bosta.

Apesar de dispensar todos os desafios que uma agência de publicidade me apresentou desde então, estava morrendo de vontade de ver gente. Escrever é um ato solitário, e meu trabalho, no fim das contas, acaba se resumindo a números. Eu vejo as pessoas, converso com elas, dou boas gargalhadas, flerto, mas quando encerro a transmissão, tem apenas eu no cômodo. Na soma, diminui. Trabalhar em casa é um privilégio, mas estava sendo fazia muitos meses um saco; eu precisava de férias!

Um dos meus melhores amigos é produtor artístico. Não produz apenas artistas famosos, mas qualquer situação que necessite de gerenciamento. Rapidinho ele se torna o responsável pelo deslocamento, acomodação, alimentação, investimento, tudo. Você só precisa dizer: "Amigo, quero fazer tal coisa, tal dia para tal lugar", e em até sete dias úteis você receberá no e-mail todos os orçamentos possíveis. Como ele, eu e mais uma amiga estávamos de férias: nosso único trabalho foi arrumar as malas e partir para uma viagem sobre a qual eles estavam falando há anos: um tour pelo Brasil de cruzeiro. Alguns dias depois, lá fomos nós tentando fazer caber três malas enormes em um Ford Ka para o porto de Santos.

Viajar de navio é como andar de avião. Entre o check-in inicial até a entrada do cruzeiro, a experiência é absurdamente maravilhosa, olhando-se de baixo para cima. Um pouco assustador, pela grandeza, mas fenomenal. Era a minha primeira vez. Eles já tinham viajado algumas vezes para alguns lugares, entretanto, apesar de estar no maior e mais novo deles, de alguma forma, também se tornava algo novo para todo mundo. Após horas de espera, check-in dividido em algumas etapas, finalmente estávamos no nosso quarto. O valor pago a mais pela sacada realmente valeu a pena.

— Esta cama é minha! — gritou meu amigo atirando o celular no travesseiro que dava pra sacada.

O quarto, dividido por duas camas, uma de casal e a outra de solteiro, estava ótimo para nós. Eu e a minha amiga dormimos juntos há mais de seis anos, e é uma das poucas, se não a única, que tolero por mais de sete dias em casa, então não tinha como ser mais perfeito. O banheiro também era lindo. Pequeno, porém muito confortável. O box um pouco cretino, alguém mais gordo não se sentiria tranquilo entrando ali. Pensando bem, parecia mais uma cápsula que um box. Óquei.

A programação do dia era longa. O navio, caso você não tenha tido a experiência, não é muito diferente de um shopping. É como se você entrasse em um aeroporto e depois fosse ficar uns dias hospedado em um shopping flutuante. Tem de tudo! Inúmeros bares com músicas típicas de alguns países, restaurantes gratuitos (na verdade, com o valor já incluso no preço que pagamos pelo cruzeiro) e outros pagos, sala VIP para quem não parcelou a experiência no máximo que deu — tipo a gente — parque aquático (sim, esse tinha um parque aquático dentro, acredita?), lojas, cassino e, o meu favorito, teatro.

Estava muito animado para me sentir em tudo, principalmente na parte onde a comida era de "graça". Comida de vários países, com a possibilidade de gastar minha Cultura Inglesa (escola de inglês) com os funcionários. Grande parte da tripulação era de outros lugares do mundo. Até se encontrava um brasileiro e outro, mas o mais natural seria conhecer pessoas de fora. Apesar de o navio ter o português como uma das línguas, muitos não falavam. E era aí que eu adorava passar vergonha e praticar um pouquinho. Sabe ir a Nova York, esbarrar nas pessoas e dizer *"I'm sorry"*? Tipo isso. Depois de encher minha barriga com tudo de novo que encontrei e gastar dez dólares por bebida, voltei ao quarto para me arrumar. Estava muito animado! Quando entrei na cápsula pela primeira vez, escuto um aviso:

"Isto não é um teste! Isto não é um teste…" e eu só entendi isso, apesar de me apavorar com o tom de voz da mensagem. Um ano de escola de inglês não estava me ajudando. Para piorar, logo na sequência vinha a mensagem nas outras línguas praticadas a bordo.

Ouço meus amigos entrando no quarto enquanto saio enrolando em uma toalha completamente assustado:

— Gente, o que está acontecendo?

— Calma! Não sabemos! A fofoca é que um senhor teve um ataque cardíaco e precisam retornar para levá-lo ao hospital — explicou minha amiga.

Não demorou muito, senti como se tivessem ligado o modo turbo do shopping flutuante. O navio balançava tanto que os nossos produtos no banheiro começaram a cair. Por causa do balanço cada vez mais forte e assustador, quem realmente caiu com força fui eu. Corri e caí de boca no vaso sanitário. Comecei a vomitar todo o menu do restaurante e a ficar tão mal, que a água que vinha era uma água preta, escura. Prometi a Deus que se ele me ajudasse a melhorar, eu pararia de tomar refrigerante. Deus estava sem 5G. O navio foi e voltou, e eu ainda continuava vomitando. Toda a minha bolsinha cheia de remédios, desta vez tinha falhado com força. Nem a minha farmácia, nem o médico em cima das águas. Cento e cinquenta dólares por uma consulta, uma reza sairia mais barato. Depois de ter perdido metade dos dias da viagem interditando o banheiro e nesse ponto ainda não ter descoberto exatamente o que havia acontecido naquele dia do navio turbo, minha amiga, macumbeira como só ela, me dá um passe da cabeça aos pés. Duas horas depois estava de sunguinha na piscina pegando uma cor, após ter vomitado até os órgãos junto. Assim como o navio, a vida precisava seguir.

— Hoje é o teatro, pessoal?

— Hoje tem também! Acha que consegue? — perguntou meu amigo.

— Super! — respondi me sentindo ainda um pouco enjoado.

A noite chegou, coloquei a minha melhor camisa, passei um pó roubado a fim de melhorar a brancura de gente doente e fomos. Chegando lá, a entrada realmente era muito parecida com a dos teatros que já fui. A diferença estava naquilo que mais gosto: o vista-se à vontade. Tinha gente de terno e gravata e tinha eu e mais algumas pessoas de camisa, camiseta, bermuda e chinelo. Tipo um "Desculpa, estamos de férias".

Sentados, o show inicial começa. Um apresentador com uma pegada de corretor de imóveis anima a galera e chama uma personagem que nada mais era que um homem vestido de mulher fazendo umas brincadeiras que eu não entendia.

— Quem vier dar um beijo na boca da Credilte vai ganhar um saldo de cinquenta dólares para o cassino — disse o cara com o microfone na mão apontando para a personagem.

Um cara de camiseta rosa foi convicto dar o beijo e ganhar o prêmio. Quando todo mundo imaginava que ele desviaria, não, ele de fato beijou a personagem meio que no susto e logo depois levantou o braço olhando para a plateia.

— EU NÃO ACREDITO! — gritou o apresentador. — Pra que time você torce?

— Santos — disse o rapaz, contente e ofegante ao mesmo tempo.

A plateia inteira começou a gritar. O apresentador jogou mais lenha:

— É, Santos. De camisa rosa, agora entendemos.

Em milésimos de segundo a plateia do teatro vira um estádio de futebol. Ouviam-se gritos de "bicha", "bichona", "viadão", "putinho", a mesma energia de ganhar com que ele chegou ao palco foi morrendo enquanto eu o acompanhava com os olhos até o seu lugar. A aliança na mão e o carinho nela por um outro rapaz quando chegou confirmavam: ele realmente era gay. Já em seu lugar, as gargalhadas ainda continuavam à altura. Pela expressão séria dos meus amigos, percebi que não tinha sido o único a ser atingido. Aquela porcaria foi cara. Eu ainda continuaria pagando. Gastar tanto para sentir medo de gente? Trabalhar de casa é um privilégio. Estar de férias já estava sendo um saco.

Aguentamos firmes todo o espetáculo; eu, com lágrimas nos olhos. Não de horror, mas de ódio. Quando as luzes se acenderam novamente, olhei para os meus amigos:

— Se vocês não vão fazer nada a respeito disso, eu vou!

— Mas é claro que nós vamos — disse meu amigo.

— E eu já sei onde. Venham!

Chegando à recepção, pedi a eles que fosse eu a falar inicialmente. Esta briga tinha que ser minha!

André, olhei no crachá. "Ufa, um brasileiro". Tretar em inglês certamente não iria rolar. O máximo que poderia utilizar naquele momento para controlar minha frustração e o meu nervosismo eram os meus cursos de comunicação não violenta.

— André, tudo bem? Aconteceu uma situação muito chata agora no teatro e a gente acredita que a empresa não seja conivente com qualquer tipo de homofobia, certo?

— Boa noite, senhor. De forma alguma! Conte-me o que aconteceu de forma detalhada?

Contei detalhadamente, e a cada passo que eu dava do relato, sentia que ele se identificava e repetia muitas expressões que nós fizemos na hora.

— Um minuto, senhor! — disse ele.

Acompanhei-o com o olhar entrando em uma salinha atrás dele e falando algo para uma mulher sentada com cara de supervisora.

— NÃO, NÃO PODE SER ASSIM! É UM ASSUNTO MUITO GRAVE E DEVE SER TRATADO COMO PRECISA SER! — gritou ele, enfurecido.

— Senhor, o mestre de cerimônias está vindo falar com o senhor. Peço desculpas por todo o transtorno.

O cara estava vindo! Agora era o momento de usar todo o conhecimento sobre comunicação não violenta e não ser, adivinha? Violento com as palavras. Ia dar tudo certo.

Quando me virei, o mestre estava chegando com o passo apressado, puto, como se estivessem tirando ele de frente da lareira para ir atender a porta no frio.

— O outro espetáculo está prestes a começar! Onde estão eles? — perguntou ao recepcionista.

— Aqui, senhor — falei em um tom calmo e elegante.

— Olha, eu não tive intenção de nada — começou ele se explicando, gesticulando com as mãos e um ar cínico.

— Assim como esta conversa está sendo desconfortável para o senhor, pode ter certeza que para nós também. Talvez realmente não tenha tido a intenção de ofender ninguém, mas aquilo lá não foi nem um pouco engraçado pra gente, e também foi violento.

A expressão dele mudou. Os ombros logo em seguida relaxaram. Conversamos por meia hora sobre tudo o que aconteceu de forma calma, dando espaço para cada um falar e defender seus pontos. Eu não sei se ele aprendeu, como disse ter aprendido, mas foi o suficiente para eu usar meus privilégios e tentar mudar a situação.

— Senhor, nosso gerente deseja falar com o senhor. Pode entrar ali, por favor — falou o André.

Em uma porta atrás do corredor da parede, com acesso apenas para funcionários, um homem, por volta de uns trinta e dois, extremamente simpático e cheiroso, abre a porta:

— Entre, entre. — O sotaque parecia de outro lugar.

— Não precisa me contar o que houve, não precisa passar por isso novamente. Apesar disso, como está sendo sua experiência?

Comecei a contar como passei mal no começo da viagem e descobri por ele que uma pessoa havia morrido, por isso o navio precisou ir tão depressa. Quanto mais eu contava, mais ele me perguntava, agora sobre qualquer coisa. O que eu estudava? Que tipo de livros eu lia? Se conhecia a Espanha... Eu deveria estar mais de meia hora ali trancado. Havia me esquecido dos meus amigos. Nos primeiros dez minutos, a conversa já tinha ido para um outro rumo e, como ele me atraía, fiz que não entendi.

— Por que você não retorna daqui a uma hora? Finalizamos a reclamação formalmente — falou, ajeitando uns papéis em cima da mesa. — E, ah — disse ele, agora me olhando —, depois me diz se gostou do presente.

— Combinado! — respondi confuso, levantando da cadeira.

Quando cheguei ao quarto, meus amigos estavam sentados na cama com a expressão "você não vai acreditar". Enviaram ao nosso quarto um balde com champagne e morangos como um pedido de desculpas. Uma hora depois, enquanto os dois terminavam o que restou da nossa algazarra revolucionária, voltei à sala do gerente.

— Entra, entra — disse ele, fazendo sinal com a mão para entrar e fechar a porta.

Um silêncio absurdo tomou conta do lugar.

Ele levantou da cadeira, e com um formulário em uma das mãos, fez sinal para eu me sentar e foi em direção à porta. De costas, escutei a tranca girar. Ainda em pé, agora virando para ele, percebi que ele estava próximo a mim.

— Este é o papel que tenho que assinar? — perguntei, com um olhar de deboche.

— Você quer assinar? Eu quero que você assine.

— Se eu assinar e não gostar? — Desafiei, chegando ainda mais perto.

— Reclama com o gerente.

Amar, do verbo tentar.
Do substantivo intenção.

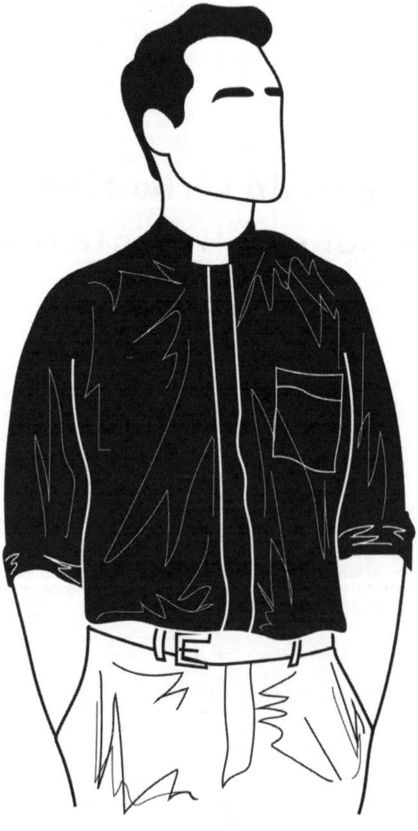

FLEABAG:
A SEGUNDA TEMPORADA

Meus melhores amigos conheci pelo Instagram. Uma após ler um texto no blog, outro encontrei o perfil da empresa e chamei para gerenciar um projeto em São Paulo e a que é minha vizinha hoje foi em uma *live*. Muita coisa acontece on-line, até o que não deveria acontecer...

Toda semana, trago um quadro onde chamo as pessoas para participarem ao vivo e falarem um pouquinho de si. Entram pessoas com violão, cantando, outras querendo conselhos sobre relacionamento, do outro lado do mundo com fuso horário todo diferente... e um padre. Sim, um padre moderno que utiliza a rede social para ampliar a fé e angariar devotos. Como comunicador, tento sempre me adaptar à energia do entrevistado; se é mais introspectivo, trabalho nessa atmosfera. Sendo mais alegre, sempre faço meu melhor — socorro. Agora, um padre? Nunca falei com um na minha vida. Nunca fui à missa! Na verdade, fui batizado na paróquia perto de casa e, aos domingos, quando a casa estava cheia, gostava de roubar os pães de Santo Antônio que ficavam na porta. Sempre fui pecador. Então, conversar com um padre? Vou dizer o quê?

— Gui, que a paz do Senhor esteja com você — começou ele.

— Contigo também, padre. Senhor — disse nervoso.

— Sem formalidades, por favor. Somos todos irmãos.

Eu cresci girando igual a um pião em um cômodo grande tendo Jesus no meio. Minha vida era quase não enxergar com tanta fumaça da defumação e ter como princípio a cabeça firme do começo ao fim dos trabalhos. Não tínhamos assunto em comum. Pelo menos era o que eu pensava...

— Apenas gostaria de agradecer seu magnífico trabalho em espalhar o amor. Conte comigo para o que precisar, moço!

Ele fez um sinal com a mão, tipo "Hi" ou algo assim e saiu da *live*.

Após encerrar a transmissão, pensei: *Gente, que fofo! Um padre falando com a Maria Madalena ao vivo...* Não é todo dia, sabe? Mas também fiquei intrigado. *Agora um padre me segue*, será que devo diminuir os palavrões? Estou sendo observado... não seria legal continuar com um comportamento tão pecaminoso. Seria proveitoso na umbanda também...

> Oi, Gui! Adorei a live de hoje. Muito obrigado pelo espaço.

Era o padre de novo, só que agora na caixa de entrada.

> Rapaz, adorei também! Seja bem-vindo. 😊

> Obrigado! Você é de onde?

MEU JESUS! Como assim, "você é de onde?". Se bem que, após stalkear o perfil do padre, *Fleabag* segunda temporada estava prestes a começar.

> Do Sul! E você?

> Goiânia. Tem planos de vir para cá?

Eu realmente precisava me tratar. Mas também não tinha culpa; ele era muito gato! Mas muito. O único padre que conhecia até então que faz crossfit é o Padre Marcelo. E é o Padre Marcelo, sabe? A pessoa de quem tua avó é fã, que a avó da tua amiga está assistindo quando você chega para visitá-la. Tipo feijão sem tempero. Agora, ele não. "Padres podem beijar" pesquisei rápido no Google. O básico, eu já sabia. Agora, beijo, não tinha tanta certeza assim. Precisava verificar.

> Não tenho planos. Mas se eu for para esses lados, te aviso!

> Vou aguardar. Vou adorar te conhecer.

> Claro que sim. Eu também

Já me imaginei descendo no pole dance direto para o inferno, mesmo que no fundo não acredite nisso.

> Ah, deixa eu te pedir uma coisa? Estou precisando muito divulgar o sorteio da minha paróquia. Quanto você cobra o post?

Desculpa, Brasil, mas nessa hora estava ocupado negociando com um padre um sorteio no Instagram para divulgar sua paróquia. Minha avó passaria anos tentando entender essa frase.

> Então, posso ver amanhã com o pessoal e passo certinho pra ti, pode ser?

> Posso pagar com foto também.

Foto? Pensei eu. Que foto, gente? Foto de flores, santos e quadros celestiais? Hum, acho que não.
VOCÊ RECEBEU UMA IMAGEM.
Que isso? Padre mandou uma imagem, por quê? O que será?
Quando abro a foto, é tudo o que a igreja condena e do jeito que a meretriz gosta: enorme como a fé e grossa como uma vela de sete dias. *Fleabag*, segunda temporada, episódio um.

> A paz da sacanagem está com o senhor, padre???

Respondi a foto, forçando uma intimidade que acabara de nascer.

> Você divulgaria o sorteio da minha paróquia?

A pergunta dele era como se a troca fosse a mais comum de todas.

> Divulgo. Mas o investimento não é baixo.

Felizmente foi. Foi baixíssimo, com vídeos e fotos e, se morássemos perto, o pagamento seria à vista, para se fechar uma heresia de qualidade.

Um dia depois, a publicação nos meus stories:

"SEGUNDO SORTEIO DA PARÓQUIA X!
CLIQUE PARA SABER MAIS."

O que a gente não faz pelo próximo, não é mesmo?

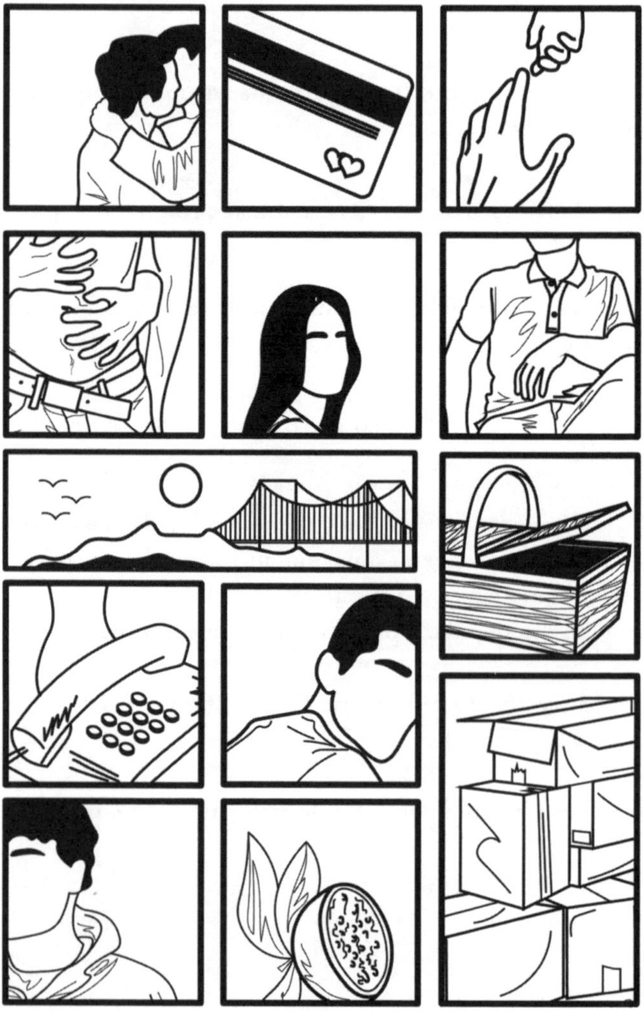

SERÁ QUE DEU?

Então, estava pensando aqui... Com o Betinho não deu, mas foi ali que começou. Foi por ele que descobri o que viria logo em seguida: todos os outros amores. Fui apresentado à faceta que não conhecia — suspeitava —, mas estava longe de realmente crer que passaria o resto da vida admirando barbas e encontrando encaixe em corpos que arrumam um jeito de se complementar e sobreviver. Já o Pãozinho ensinou-me que a graça da vida está no inesperado, no *plot twist*, no momento e nada além disso. A gente nunca sabe quanto tempo de validade tem o desejo: daqui a alguns anos ou até a porta do carro de aplicativo bater. Existem relações, como diria Gabito Nunes, que não adianta, o amor só funciona na horizontal. Agora, com o gerente do banco, confesso, foi preciso fazer umas contas: sou imoral pela perspectiva de quem? Quais são os compromissos que assumi e quais são os que estou descumprindo? Se o papel de amante não afeta meu juízo, então de nada afeta o amor-próprio, estou mais para sócio. Em agronomia, jamais teria trancado a faculdade, quem dirá desistido dela. Apesar de inicialmente parecer uma profissão do futuro, as opções de empregabilidade não se mostravam nada favoráveis. Claro que vez ou outra poderia plantar e colher uma farta mandioca, só que não dá para perder a viagem com alguém que demora muito se olhando no espelho.

Ainda não aprendi a falar inglês como gostaria, porém sigo firme nas aulas. Não tenho me preocupado muito, acabei percebendo que sendo gringo ou brasileiro, a única língua que ambos devem ser fluentes é a da disponibilidade emocional. Aliás, segundo a última pesquisa que li, é uma das *soft skills* mais valorizadas no mercado amoroso atualmente. Já o Batata, sem querer, deixou um bilhete dizendo que é sempre preciso avisar que tem gente em casa. Mostrar, de preferência, assim que der, todas as delícias e as infiltrações que o imóvel apresenta, caso o outro decida residir por um tempo.

Lá em Minas Gerais, com a ajuda de São Longuinho, foi doloroso encontrar algo que há muito tempo estava perdido: "Tudo bem ocê querer um amor, Zé. Desde que tenha encontrado dentro de si primeiro". Muito além da procura, encontrar também não significa muita coisa, principalmente quando o outro ainda está perdido, como me mostrou Marlboro. Pode-se oferecer lanternas, colocar algumas placas pelo caminho indicando o sinal... não adianta: ninguém consulta com o médico e volta com ele para casa.

E foi assim que, na tentativa de fazer dar certo, descobri que, às vezes, a melhor tentativa é ESTRAGAR TUDO mesmo. Um abraço de polo vermelha e relógio gordinho no pulso, ainda que terapêutico, não é psicoterapia. Assim como a beleza, veja só, são muitas coisas, como, por exemplo, a ausência dela, ou bonito, só que não bonito da forma como a gente entende como bonito. Nos estagiários, o rompimento da exclusividade acaba sendo um medo comum, entretanto, com eles, o papo foi outro. Aqui os desafios foram ainda maiores: manter os desejos do outro atendidos. A relação deixa de ser sustentada na promessa para passar a ser construída na escolha.

Agora, se deu ou não, pelo que me lembro, sei que até hoje sinto o cheiro do Sabonete de Maracujá lembrando do Sam Smith cantando com tesão no chuveiro. Nem sempre é sobre ficar, mais para ensino e convites. Quem tem o privilégio de ser ensaboado por horas por alguém que acabou de conhecer é porque precisa rever a relação de meses com uma pessoa com quem jamais dividiu a metade do chuveiro. A regra 10/10, usada para sairmos de casa apenas quando encontramos alguém assim, foi descartada. Quem sabe o *date* não esteja no local do encontro, mas no carro que te levará até ele?

E, claro, como podemos ver, não é sobre o dinheiro. Amar também é uma forma de negociação. Uns pagam o que desejam em *cash*, outros em tempo de vida. A gente só continua pagando se acredita que merece o que ganha. Pule de paraquedas, durma de conchinha com quem acabou de conhecer e, se ficar na dúvida se estiver sendo intenso ou carente, lembre-se de ser quem você realmente é. Caso, porventura, vier a se afogar em um mar de dúvidas, procure as placas e vá reclamar com o gerente sobre seus desconfortos; quem sabe, no silêncio de uma sala trancada, vocês não aproveitam e fazem alguns barulhos, assim, sem compromisso, *mi amore*?

Se ainda não deu, tente! Ore, peça aos céus e a um padre em uma *live* do Instagram. Agora, cuidado!

O relacionamento dele é monogâmico e não seria nada agradável queimar de calor amarrada em cima de uma cama. Vai que o padre o castigue. Ah, e antes que eu esqueça: se o amor tiver 20 anos, certifique-se e peça a identidade para confirmar. A gente nunca sabe a verdadeira idade de uma pessoa bem-intencionada. Uma dica boa também, para quando a fome de autenticidade surgir por aí, é pensar no Arroz com Pequi: todo vínculo precisa do seu tempo de cozimento.

Por fim, se você me perguntar se realmente deu, o máximo que consigo te responder é que nem sempre DAR certo é o suficiente. A reciprocidade sozinha não sustenta uma casa em pé, é preciso muito mais que um EU TE AMO para realmente se amar de verdade.

Se deu ou não, só sei que, em todas as tentativas, eu dei o que pude dar. Testei as possibilidades, fiz o que me ensinaram, agi da forma que aprendi, amei da forma que me cabia e fiz o que deveria ser feito: TENTAR.

Agora, se deu certo?

Tentei.

E continuarei me dando a oportunidade de sempre tentar, tentar e tentar.

Já que, no fim, é dando que de fato se dá alguma coisa.

LEIA TAMBÉM

GUILHERME PINTTO

COMO ME TORNEI O AMOR DA MINHA VIDA

Outro Planeta

GUILHERME PINTTO

O ÓBVIO TAMBÉM PRECISA SER DITO

Outro Planeta

SEJA O AMOR DA SUA VIDA

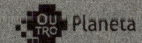

GUILHERME PINTTO

Outro Planeta

**Acreditamos
nos livros**

Este livro foi composto em
Mrs Eaves OT e impresso pela
Geográfica para a Editora Planeta
do Brasil em fevereiro de 2022.